IQ《アイキュー》探偵《たんてい》ムー

飛ばない!? 移動《いどう》教《きょう》室《しつ》〈上〉

作◎深沢《ふかざわ》美潮《みしお》　画◎山田《やまだ》J太《じぇいた》

ポプラ社

その時、たったひとり、子供がトントンと上り用の階段を上ってきた。
元たちは、その子とすれ違ったのだが、足下しか見えなかったので、
それが誰なのかわからなかった。男か女かも。
ただ、子供の靴だった気がする。

深沢美潮《ふかざわみしお》

武蔵野美術大学《むさしのびじゅつだいがく》造形学科《ぞうけいがっか》卒《そつ》。コピーライターを経《へ》て作《さっ》家《か》になる。著作《ちょさく》は、『フォーチュン・クエスト』、『デュアン・サーク』（電撃文庫《でんげきぶんこ》）、『菜子《なこ》の冒険《ぼうけん》』（富士見《ふじみ》ミステリー文庫）、『サマースクールデイズ』（ピュアフル文庫）など。ＳＦ作家クラブ会員《かいいん》。

みずがめ座《ざ》。動物が大好《だいす》き。好きな言葉は「今からでもおそくない！」。

山田Ｊ太《やまだじぇいた》

１／26生《う》まれのみずがめ座《ざ》。O型《がた》。漫画家兼《まんがかけん》イラスト描《か》き。絵に関《かん》する事《こと》に携《たずさ》わりたくて、現在《げんざい》に至《いた》る。作品《さくひん》は『ICS 犀星国際大学《さいせいこくさいだいがく》Ａ棟《とう》302号《ごう》』（新書館《しんしょかん》 WINGS)、『GGBG ！』（ジャイブＣＲコミックス / ブロッコリー）、『あさっての方向《ほうこう》。』（コミックブレイド MASAMUNE）。

１巻《かん》の発売《はつばい》の頃《ころ》にやってきた猫《ねこ》も、ワイルドにすくすくと育《そだ》っています。

★目《もく》次《じ》

★登場人物紹介《しょうかい》●●●

茜崎夢羽《あかねざきむう》

小学五年生。ある春の日に、元《げん》と瑠香《るか》のクラス五年一組に転校してきた美少女。頭も良く常《つね》に冷静沈着《れいせいちんちゃく》。

杉下元《すぎしたげん》

小学五年生。好奇心旺盛《こうきしんおうせい》で、推理小説《すいりしょうせつ》や冒険《ぼうけん》ものが大好きな少年。ただ、幽霊《ゆうれい》やお化けには弱い。夢羽《むう》の隣《となり》の席。

久保《くぼ》さやか、桜木良美《さくらぎよしみ》、佐々木雄太《ささきゆうた》、末次要一《すえつぐよういち》、高瀬成美《たかせなるみ》、高橋冴子《たかはしさえこ》、竹内徹《たけうちとおる》、水原久美《みずはらくみ》、溝口健《みぞぐちけん》、吉田大輝《よしだたいき》

五年一組の生徒。

三枝《さえぐさ》校長《こうちょう》、高科《たかしな》めぐみ、水谷賢也《みずたにけんや》

銀杏《いちょう》が丘《おか》第一《だいいち》小学校の先生。

小林《こばやし》聖二《せいじ》

五年一組の生徒。
クラス一頭がいい。

大木《おおき》登《のぼる》

五年一組の生徒。食いしん坊《ぼう》。

河田《かわだ》一雄《かずお》、島田《しまだ》実《みのる》、山田《やまだ》一《はじめ》

五年一組の生徒。「バカ田トリオ」と呼《よ》ばれている。

小日向《こひなた》徹《とおる》

五年一組の担任《たんにん》。あだ名は「プー先生」。

江口《えぐち》瑠香《るか》

小学五年生。元《げん》とは保育《ほいく》園《えん》の頃《ころ》からの幼《おさな》なじみの少女。すなおで正義感《せいぎかん》も強い。活発で人気もある。ひとりっ子。

杉下《すぎした》英助《えいすけ》、春江《はるえ》、亜紀《あき》

元《げん》の家族。妹の亜紀《あき》は小学二年生。

移動教室スケジュール

9月15日

7時	校庭に集合 校長先生や引率の先生の挨拶。生徒代表挨拶
8時	父母に見送られ、出発 バスで目的地「朝霧荘」へ（トイレ休憩あり）
11時半	「朝霧荘」到着
12時	昼食（弁当）
13時	オリエンテーリング
17時	夕食のカレー作りスタート
18時	夕食
19時	風呂
21時	就寝

9月16日

7時	起床
8時	朝食
10時	日居留山登山（自然観察）
13時	日の出牧場にて昼食 その後、体験学習
16時	肝試し大会
17時	バーベキュー大会（表彰式）
19時	風呂
21時	就寝

9月17日

7時	起床
8時	朝食
10時	各班で移動教室のレポート作成
12時	昼食
13時	レポート発表
14時	バスで出発（トイレ休憩あり）
17時半	到着、解散

朝《あさ》霧《ぎり》荘《そう》

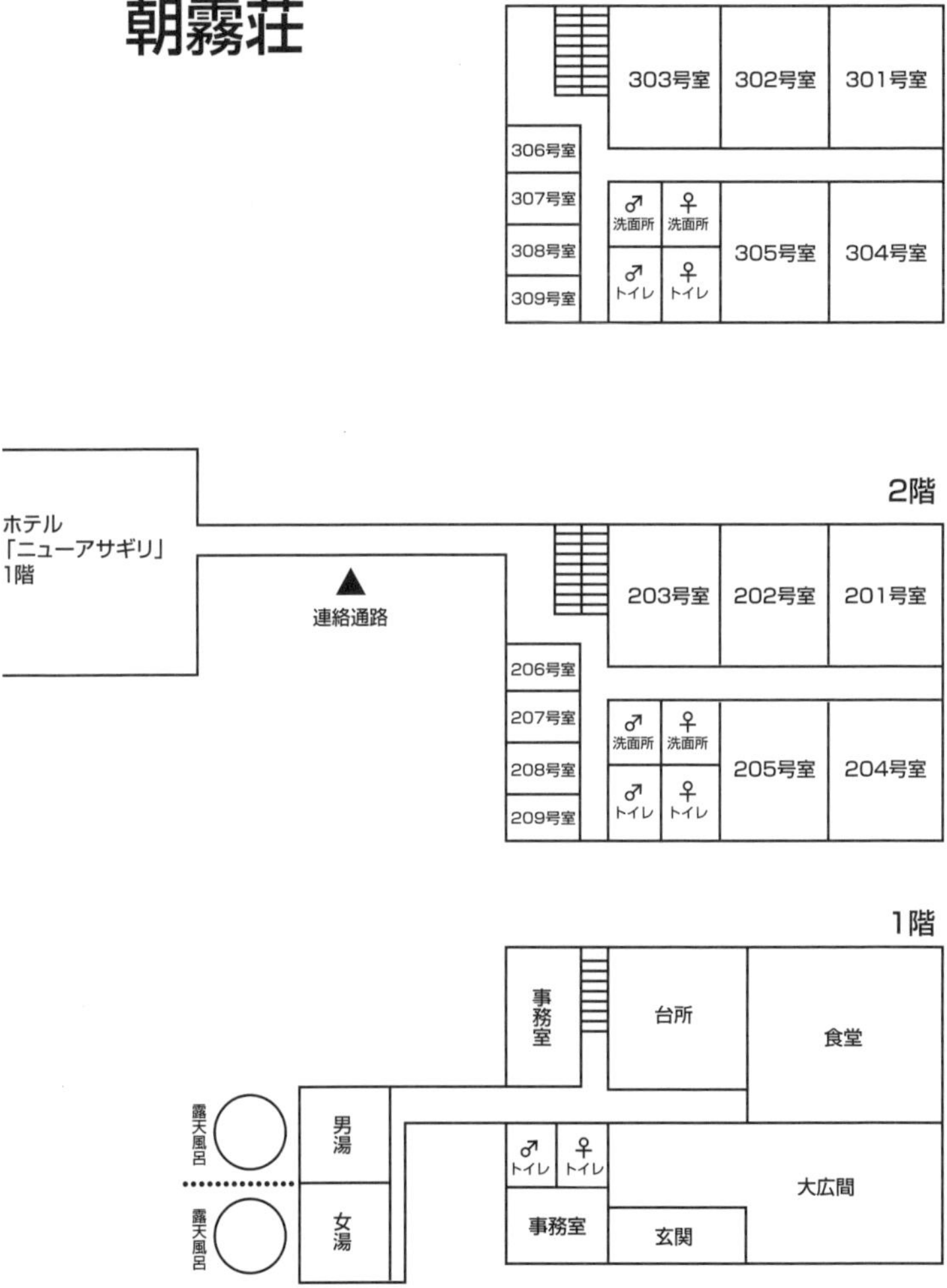

3階
303号室
302号室
301号室
306号室
307号室
308号室
309号室
♂洗面所
♀洗面所
♂トイレ
♀トイレ
305号室
304号室
2階
ホテル
「ニューアサギリ」
1階
連絡通路
203号室
202号室
201号室
206号室
207号室
208号室
209号室
♂洗面所
♀洗面所
♂トイレ
♀トイレ
205号室
204号室
1階
事務室
台所
食堂
露天風呂
男湯
女湯
露天風呂
♂トイレ
♀トイレ
大広間
事務室
玄関

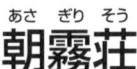

N
羊が丘
侍の銅像
上り坂
スタート!
S
乙女像
噴水
モミジ苑
花だん
下り坂
芝生
朝霧荘
(0X-XXX-00△△)
ナゾを解いてゴールを目指せ!!!
時計台
白鳥橋
アヒル池
レストハウス
子どものオブジェ
オリエンテーリングMAP

飛ばない!? 移《い》動《どう》教《きょう》室《しつ》〈上〉

★初めての移動教室《いどうきょうしつ》

ママ、座敷童《ざしきわらし》っていうの、知ってる？

え？　あぁ、知ってるわよ。家に出る子供《こども》の妖怪《ようかい》のことでしょ？

そうそう。でも、別に怖《こわ》いものじゃないらしいよ。

ふうん……そうなんだ。

うん。ほら、たとえばさ……十人で遊んでたのに、いつのまにか十一人になってて。でも、誰《だれ》も知らない顔はなくって。なんだけど、やっぱりひとりだけ多い……とか。

やだぁ、十分怖《こわ》いじゃないの。

あと、誰もいないはずの和室なのに、ザァ、ザァってホウキをかける音だけがするとかさ。

やめてよ、もう!!　なんでそういう話するのよ。ママが怖いの苦手だって知ってるでしょ？

ごめんごめん。実はさ……、五年生の移動教室の宿舎《しゅくしゃ》……、出るんだってさ。

やだやだ、うそでしょ!!

ううん、ほんと。そういう噂《うわさ》で、去年も一昨年《おととし》も出たって。お姉《ねえ》ちゃん言ってた。

あぁ、もう余計《よけい》なことを……。

ねぇねぇ、もし、ママの部屋《へや》に……出たらどうする？

ぶっ殺す！

ひぇー、乱暴《らんぼう》だな。それに殺しようがないよ。だって、相手は妖怪《ようかい》だよ？

どっちかと言ったら……座敷童《ざしきわらし》のこと、そんなふうに言ってるママのほうがとり殺されるかもしれないよ？

だから、どーしてそういういやなこと言うのよ!!

ふふ、だって、ボクが座敷童だからさ…………なんちゃって。

1

「先生！　わたしたち、もう子供《こども》じゃないんだから、席の並《なら》び順くらい自分で決められます！」

「そうだそうだ！　他のグループだって先生が決めたんだから、バスの席くらい好きでいいじゃん！」

「ほんとだよ。ヘタしたら、三時間以上も女子と隣《となり》だぜ」

「ちぇ、最悪ー!!」

「最悪なのはどっちよー!!」

杉下元《すぎしたげん》のクラス、銀杏《いちょう》が丘《おか》第一小学校五年一組は朝から大騒《おおさわ》ぎ。

もうすぐ行われる秋の移動教室《いどうきょうしつ》のさまざまな取り決めについて、あれこれともめていたのだ。

たとえば何か行動する時のグループ決めについてとか、料理を作る時の役割分担《やくわりぶんたん》についてなどなど。今は、行き帰りのバスでの席順について、もめていた。

担任《たんにん》のプー先生は、不満が出ないようにくじ引きで公平に決めようと提案《ていあん》していた。でも、みんなは他のグループ分けがくじ引きとかジャンケンなんだから、せめてバスの席順くらい好きにさせてくれとごねていたのだ。

ちなみに、プー先生というのはもちろんあだ名だ。本名は小日向徹《こひなたとおる》というが、そのずんぐりむっくりとした体形からか、よくプーっとおならをしてしまうことからなのか、由来については大きくふたつの説があるが、みんな「プー先生」と呼《よ》ぶ。

窓際《まどぎわ》の席の元《げん》は、もううんざりしていた。まだ青々とした銀杏《いちょう》の葉っぱが風に吹《ふ》かれてピラピラしているのをボーっと眺《なが》め、ため息をつく。

ったく。バスの席順なんかどーでもいいじゃないか。

んなに重要な問題かよ！

短く刈《か》った頭をボリボリかきむしる。

なんとなく視線《しせん》を感じて、横を見ると、隣《となり》の席の茜崎夢羽《あかねざきむう》がこっちを見ていた。

心臓《しんぞう》がドキッと跳《は》ねた。

何せ、テレビから抜《ぬ》け出したような美少女な上に、どこかミステリアスなムードで、ただの五年生にはとても思えない。

ボサボサの長い髪《かみ》からのぞく大きな目は透《す》き通るようで、色白の顔もハーフっぽい。

華奢《きゃしゃ》な体形で、そっけないシャツとジーンズを着ているだけなのに、すごく目立つ。

そんな夢羽《むう》が自分のことをジーっと、まるで夢《ゆめ》見るように見つめているのだ。

「え、ええ？　な、なに？」

元《げん》がぎこちなく聞くと、彼女《かのじょ》はフーっと目を見開き、元《げん》に焦点《しょうてん》を合わせると、ゆっくり首を傾《かし》げた。

「なにって……なに？」

「え、えええー？」

元《げん》はみるみる顔が真《ま》っ赤《か》になっていくのがわかった。

ちぇ、そうか。夢羽《むう》は元《げん》と同じく、窓《まど》の外をぼんやり見ていただけなんだ。それなのに、自分を見つめていただなんて錯覚《さっかく》して。

つかー!!　バカか、オレは。

どこかに穴《あな》があったら潜《もぐ》ってフタして、地球の裏側《うらがわ》まで行って、すべてを忘《わす》れ去りたい！

それができなきゃ、せめて机《つくえ》に突《つ》っ伏《ぷ》して、バンバン机を叩《たた》きたい。

もちろん、そんなことどっちもできやしないのだが。

元《げん》はそれだけのことをめまぐるしく頭のなかで思いつつ、妙《みょう》にオヤジくさい作り笑いを浮《う》かべた。

「へへ、い、いや、なんでも……。で、でも、いつまでやってんのかな、あいつら」

大急ぎで話題を変えることにして、大騒《おおさわ》ぎしている連中を見ながら、あごをしゃくってみせた。

夢羽《むう》は興味《きょうみ》のなさそうな顔で、そっちを見る。

「さあ。でも、移動教室《いどうきょうしつ》なんて初めてだから楽しみだな」

「へぇー！」

元《げん》が意外そうな声をあげると、夢羽《むう》は「なぜ？」という顔で見た。

「いや、だって……茜崎《あかねざき》はそういうの、あんまり興味ないかと思ってたからさ」

と、元《げん》。

そうなんだ。

夢羽《むう》は、今年《ことし》の春、新学期になったばかりの頃《ころ》、転校してきた。

ぶっきらぼうなものの言い方といい、クールでかっこいい態度《たいど》といい、無口なのにすごく目立つ存在《そんざい》だった。

それに、顔だけじゃなく、頭もよくて、数々の難事件《なんじけん》をさらっと解《と》いてしまう。

最初のうちはみんなに煙《けむ》たがられ、反感も持たれていたが、今では誰《だれ》でも一目置く存在なのだ。

そんな彼女《かのじょ》が移動教室《いどうきょうしつ》なんてものに興味《きょうみ》があるとはとても思えなかったのだが。

すると、夢羽《むう》はちょっとだけ笑って言った。

「まぁ、ものすごく興味あるかと言えば、……たしかにそれほどでもないかな」

「ははは、やっぱしなぁ」

と、笑い返した時、ひとつ置いて斜《なな》め前の席に座《すわ》っている江口瑠香《えぐちるか》が、急にこっちを見て、ニヤーっと笑った。

「な、なんだよ！　びっくりした」

本当にびっくりして、元《げん》は口をとがらせた。

瑠香《るか》と元《げん》は保育園《ほいくえん》の頃《ころ》からの幼《おさな》なじみだ。だから、お互《たが》いに隣《となり》でオムツを替《か》えてもらったような仲なのだ。これもまた忘《わす》れ去りたい過去《かこ》のひとつだが。

高い位置でふたつ結びにして、大きなハートマークの髪留《かみど》めをつけた瑠香《るか》の髪は、いつもクルンクルンとうまいぐあいにはねている。
夢羽《むう》とは正反対で、最新流行小学生ファッションを毎日とっかえひっかえ着てくる。
いったい服《ふく》、何着持ってんだよと元《げん》はいつも不思議なのだ。
今日《きょう》も、赤のロングT《ティー》シャツにオレンジ色の半袖《はんそで》T《ティー》シャツを重ね着して、ジーンズのミニスカート、膝上《ひざうえ》まである赤いハイソックスというスタイルだ。

彼女《かのじょ》は、ニヤーっと笑っていた顔を急にムスっとして言った。

「ばか。誰《だれ》もあんたに笑いかけたんじゃないからね。まったく、男ってどうしてこう自《じ》己顕示欲《こけんじよく》の強い人が多いんだろ。世のなかにはね、ナルシストになっていい人と悪い人がいるの！　おわかり？」

「な、なんだよ、そりゃ……」

と、反論《はんろん》しかけたが、ジコケンジヨクだの、ナルシストだの、どちらもどういうものなのかよくわからない。

ただ、わからないなりにも、きっと誉《ほ》められたんじゃないってことは想像《そうぞう》がつく。要《よう》するに、すっごくバカにされたんだろう。

でも、瑠香《るか》は元《げん》のことなど相手にするのをやめ、夢羽《むう》のほうに向かって話し始めた。

「ねぇねぇ、バスの席順さ。好きな人同士でいいってことに決まったんだけど。夢羽《むう》、よかったらわたしの横、来ない？」

そうか、結局、プー先生はみんなに押《お》し切られたんだな。

やれやれ、どっちでもいいや。

元《げん》がそんなことを思っていると、夢羽《むう》は瑠香《るか》に言った。

「そうだな。……でも、わたしは元《げん》の隣《となり》にする」

「ブホッッ！」

これは、元《げん》が思わず吹《ふ》き出《だ》した音である。

別に何かを食べたり飲んだりしていたわけじゃないから、何も吹き出さなかったのだが。もし、牛乳《ぎゅうにゅう》でも口に含《ふく》んでいたら、あたりは大変な惨状《さんじょう》になっていただろう。

喉《のど》をゲホゲホやりつつ、夢羽《むう》と瑠香《るか》を交互《こうご》に見る。

すると、近くの連中がいっせいにこっちを見てニヤニヤし始めた。

「へー！　すごーい。元《げん》くん、もててる、もててる！」

「ヒューヒュー！」

口々にはやしたてる生徒たちをマァマァとおさめたのは瑠香《るか》だ。そして、

「別にそんなんじゃないってば。夢羽《むう》は、いつも元《げん》くんの隣だから、そのほうが慣《な》れて

ていいなって。それだけなんじゃない？　だよね？」

と、夢羽《むう》に聞いた。

夢羽《むう》は、「そうだな、言われてみれば、そうかも」と、涼《すず》しい顔。

「なんだ、なんだ！」と、みんなは急速に興味《きょうみ》を失い、元《げん》のことなどどこへやら。移動《いどう》教室《きょうしつ》の話題にもどって、ワイワイやり始めた。

「ちぇ、な、なんなんだよ、おまえら!!」

頬《ほお》をふくらませ、ブツブツ言っても、もう誰《だれ》も聞いてくれる者はいない。

それに、なんで瑠香《るか》があああいうこと言うかなぁ。夢羽《むう》が言うのならまだしも。

……とはいえ。

夢羽《むう》があんなこと言ってくれるなんて、ちょっぴりうれしい。

いや、正直いうと、かなりうれしい！

ニヤつく顔を強張《こわば》らせつつ、チラっと横を見たのだが、なんということだ！

夢羽《むう》はこっくりこっくりうたた寝《ね》をしていたのである。

2

銀杏《いちょう》が丘第一《おかだいいち》小学校では、五年生の秋に二泊三日《にはくみっか》の移動教室《いどうきょうしつ》を行い、六年生の夏に三泊四日《さんぱくよっか》の修学旅行《しゅうがくりょこう》に行くというのが通例となっていた。

宿泊先《しゅくはくさき》は、軽井沢《かるいざわ》の近くの「朝霧荘《あさぎりそう》」という山荘。もともとホテルだったのを市が買い取って、公共の施設《しせつ》として使えるように改築《かいちく》したのだ。

今でも半分は「ニューアサギリ」というホテルになっていて、一般客《いっぱんきゃく》も泊《と》まれる。

周りを森に囲まれ景色《けしき》もよく、近くの山にも登れる。山の中腹《ちゅうふく》には牧場もあって、しぼりたてのミルクで作ったアイスクリームがすっごくおいしいと評判《ひょうばん》だった。

五年生にとっては、初めての泊まりがけの旅行だ。だから、何かひとつ決めるのにも大騒《おおさわ》ぎ。それほど、一大イベントだったのだ。

といっても、全員が行くわけではない。どうしても都合がつかない生徒は欠席することになっていた。

たとえば、元《げん》のクラスでは……両親が仕事で海外に行くのでどうしてもついて行かなければならなくなった高瀬成美《たかせなるみ》。塾《じゅく》の試験とバッチリ重なってしまった末次要一《すえつぐよういち》。三年生の二学期から不登校になっている吉田大輝《よしだたいき》。この三人が不参加である。

高瀬成美《たかせなるみ》の両親は、どっちも大学の先生だとかで、よく海外に行く。その度《たび》、成美《なるみ》もいっしょに行くので、そんなに珍《めずら》しいことでもなかった。

吉田大輝《よしだたいき》には、元《げん》たちも会ったことがない。三年の二学期、よそから転校してきて、そのまま一日も学校に来ていないからだ。

だから、高瀬《たかせ》と吉田《よしだ》に関しては無理ないと思えるのだが、末次《すえつぐ》の不参加にはみんなブーブー文句《もんく》を言っていた。

勉強ばかりやって、何がそんなにおもしろいんだろうとか、露骨《ろこつ》に悪口を言う生徒もいた。

でも、末次はまったく気にもしていないようすで、みんなが移動教室《いどうきょうしつ》のことでワイワイやってる横で、ひとり黙々《もくもく》と塾の参考書を広げていたのだった。

それを見て、元《げん》もちょっといやな気分がした。

別に彼《かれ》の生き方をとやかく言うつもりはない。

でも、これ見よがしにガリったりすることないんじゃないか。しかも、わざわざ塾《じゅく》の参考書広げて。

そんなことするから、よけいみんなに嫌《きら》われるんだ。

それに、なんだかこう……無理してるような気がする。

案の定バカ田トリオのひとりで委員長の河田《かわだ》一雄《かずお》が言った。

「ちぇ、おい、末次《すえつぐ》！　今は学活の時間だぞ。塾の勉強なんかすんなよ！」

バカ田トリオというのは、他に山田《やまだ》一《はじめ》、島田《しまだ》実《みのる》というオッチョコチョイがいて、三人いつもつるんでバカばかりやってるところからついたあだ名だ。

河田《かわだ》は委員長《いいんちょう》なんてやっていても、その自覚はまるでゼロだ。今だって、末次《すえつぐ》の態度《たいど》がおもしろくないなと思ったから、わざわざ大声で注意しただけだった。

ちょうど今、プー先生が資料《しりょう》を取りに行くとかで、教室にいない。

やめておけばいいのに、河田《かわだ》は末次《すえつぐ》が広げていた参考書を取り上げてしまった。

それを見て、元《げん》はため息をついた。

「あーあ、もう。無視《むし》しといてやればいいのに」

つい口に出して言うと、元《げん》の前の席の小林聖二《こばやしせいじ》がクルっと振《ふ》り向き、小さな声で言った。

「でも、末次《すえつぐ》も末次《すえつぐ》だよ。あんなに目立つようにやってんだから、言われて当然。つうか、それくらい覚悟《かくご》の上だと思うぜ」

小林《こばやし》はクラス一頭がいい。塾《じゅく》をかけもちしているという噂《うわさ》があったが、あれはまったくのガセネタだったのを元《げん》は最近知った。彼《かれ》がかけもちしているのはいろんなお稽古《けいこ》ごとだった。

ま、その話はおいといて。ちなみに、クラスで二番目に成績《せいせき》がいいのは、なんと夢羽《むう》なのだ。彼女《かのじょ》も塾《じゅく》には行かないタイプだ。というか、授業《じゅぎょう》さえまともに聞いてはいない。

こういうふたりを見ていると、なんだかバカバカしくなってくる。

「だけど、プー先生もいないんだし、無視《むし》しとけばいいんだ。言うんだったら、プー先生が言うだろ」

元《げん》が言うと、「まあな」と、小林《こばやし》は笑った。

ツヤツヤでサラサラの髪《かみ》は少し茶色がかっていて、色も白い。切れ長の目にはすっきりした縁《ふち》なし眼鏡《めがね》をかけている。背《せ》も高くて、いかにも都会の優等生《ゆうとうせい》というタイプなのだが、なぜか最近、元《げん》と仲がいい。

ふたりがそんな会話をしている間にも、末次《すえつぐ》と河田《かわだ》はとっくみあいになっていた。

「オレには時間がないんだ。おまえと違《ちが》って、暇《ひま》じゃないんだよ！　早く返せ！」

「なんだとー⁉　ガリ勉がそんなに偉《えら》いのかよ！」

「うるさい。そんなこと、一言も言ってないだろ？」

「☆★×ッ‼」

これは何かをしゃべったのではなく、河田《かわだ》が末次《すえつぐ》の頭をポカっと殴《なぐ》った音だ。

後はもう……。クラスのみんなも慣《な》れたもんで、サっと自分たちの机《つくえ》を引いて場所を作ってやる。

ヤアヤア、ワアワアと声援《せいえん》を送り、バカ田トリオの残りふたりも、椅子《いす》の上に立ち上がって応援《おうえん》を始めた。

しかし、その時、ドカーンと雷《かみなり》が落ちた。

「こら――‼」

ふっくらアンパンみたいな顔のプー先生がプリント用紙を小脇《こわき》に抱《かか》え、教室の入り口に仁王《におう》立ちしていた。

教室は、ウソのように静まり返った。

ドスドスと足音をたて、プー先生が末次《すえつぐ》と河田《かわだ》のほうに歩いていく。

ふたりは口をへの字にしていたが、やがて、「う、ううぅぅ……」と泣き出してしまった。

それを見て、プー先生は苦笑した。

そして、ふたりの言い分を聞いた後、

「みんなも覚えておくんだぞ。『喧嘩《けんか》両成敗《りょうせいばい》』っていう言葉がある。どんな理由があったって、ケンカをしたって時点で、どっちも悪いってことだ。今、授業《じゅぎょう》の時間だよな？ ケンカなんかする時間じゃないってことは、一年生だってわかってるはずだ。もちろん、両方言い分はあるだろうけど、先生はどっちもどっちだと思うぞ。たしかに、学活の時間に塾《じゅく》の参考書広げるのはおかしい。しかし、だからといって頭こづいていいはずはない。そうだよな？」

と、ふたりの頭にゴツンゴツンと一発ずつゲンコツを落とした。

目を真《ま》っ赤《か》にしてまだグズグズ言ってるふたりのお尻《しり》を叩《たた》き、

「さあ、顔洗《あら》ってこい！　洗面所《せんめんじょ》でまたケンカするなよ」

と、釘《くぎ》を刺《さ》したのだった。

3

「よし、じゃあ……スケジュールの確認《かくにん》をするぞ」

末次《すえつぐ》と河田《かわだ》が洗面所からもどってくると、プー先生はみんなにプリントを配り、黒板に移《い》動教室《どうきょうしつ》の予定を書き始めた。

あだ名の通り、もっさりしたくまみたいな背中《せなか》だ。ついでに字も丸っこい。

出発は四日後の九月十五日。

朝、七時に校庭集合っていうんだから、けっこうきつい。

ふだん、ようやく寝床《ねどこ》でゴソゴソやってる時間だ。

でも、きっとこういう時は現金《げんきん》なもんで、パっと目が覚めたりするんだろうな。元《げん》はそんなことを思いながらプー先生の話を聞いていた。

夢羽《むう》はすっかり熟睡《じゅくすい》モードだ。こんなことはしょっちゅうなんだけど、そのたび先生に注意されないかなとヒヤヒヤする。

いったいどういう生活してるんだろうと、いつも思うのだが、もちろんそんなこと聞けやしない。

さて、一日目のメインイベントは、なんといっても昼食後にやるオリエンテーリングだ。

朝霧荘《あさぎりそう》のすぐ近くにある散策《さんさく》コースのあちこちにスタンプが置かれているんだそうで。それを全部押《お》して回る……いわゆるスタンプラリーだ。

でも、スタンプの置き場所を探《さが》すためには、用意された問題を解《と》いていかなきゃいけない。

最初にゴールした班《はん》には豪華《ごうか》賞品が用意されているんだとか。

そして、二日目《ふつかめ》。こっちは三つ大きなイベントが用意されている。

ひとつめは、朝から始まる日居留山《ひいるさん》の登山と日《ひ》の出《で》牧場見学。

牧場では、体験学習ということで、牛の乳《ちち》しぼりや馬のブラシかけなどをする。でもって、お待ちかね、しぼりたてミルクで作ったアイスクリーム！　マジで美味《おい》しいと評判《ひょうばん》だ。あんまり美味しいから家に持って帰ろうとした生徒がいたそうで。ドライアイスも何もなくって、鞄《かばん》のなかでドロドロに溶《と》けてしまい、大変なことになったらしい。

ふたつめは、引率《いんそつ》の先生たち全員による肝試《きもだめ》し大会!!

これがもしかしたら、移動教室《いどうきょうしつ》一番の目玉かもしれない。

朝霧荘《あさぎりそう》全部を使って、あちこちの部屋《へや》に先生たちが潜《ひそ》んで生徒たちを脅《おど》かすんだそうだ。こっちもスタンプラリー形式になっていて、簡単《かんたん》なクイズも出るんだとか。

つまり、初日のオリエンテーリングの肝試《きもだめ》し版《ばん》。別名「裏《うら》オリエンテーリング」、略《りゃく》して「裏オリ」とも呼《よ》ばれていて、こっちも一等賞には豪華《ごうか》賞品が出る。

先生たちは、かなり本気で脅かしてくるから、気の弱い生徒は泣き出してしまうこともあるそうだ。

元《げん》も何が嫌《きら》いって、お化けとか幽霊《ゆうれい》とか妖怪《ようかい》とか、そういうのが一番苦手だ。

だから、遊園地のお化け屋敷《やしき》とか自分から進んで入ったことなど一度もない。無理矢理引っ張《ぱ》っていかれたことはあるが。

誰《だれ》にも言ってはいないが、本当なら肝試《きもだめ》しだけパスしたいくらいだった。

そして、三つめ。夕方からのバーベキュー大会。

初秋とはいえ、山間部なのでかなり寒いため、残念ながら屋内での開催《かいさい》となる。

休み時間になると、みんな自然と班《はん》で集まり、あれこれ相談を始めた。

元《げん》の班は、元《げん》、夢羽《むう》、瑠香《るか》、小林《こばやし》、大木《おおき》の五人。

大木登《おおきのぼる》は、今日《きょう》は風邪《かぜ》で休みだった。

なぜか班長は元《げん》、副班長は小林《こばやし》と決まっていた。

発言力で言えば、絶対《ぜったい》に班長も副班長も瑠香《るか》だと思うのだが、「やぁよ、班長なんて！」の一言で却下《きゃっか》されたのだ。

ま、要するに雑用《ざつよう》係なんだよな。

とは思うのだが、みんなが元《げん》を推薦《すいせん》してくれたので、それはそれで悪い気はしなかった。どっちみち、実質的《じっしつてき》には瑠香《るか》が班長《はんちょう》みたいなもんだし、小林《こばやし》もいるし、だいじょうぶだろう。

ずいぶん情《なさ》けない納得《なっとく》のしかただったが、元《げん》は自分に言い聞かせた。

「うちの班には夢羽《むう》と小林《こばやし》くんがいるから楽勝よね?」

瑠香《るか》がウインクした。

ふたつのオリエンテーリングの話だ。

ちぇ、どうせそうですよ。オレは戦力にはなりませんよと、元《げん》は内心むくれたが、とりあえず黙《だま》っておくことにした。

考えてみれば、「裏《うら》オリ」の時なんて、戦力どころか、みんなの足手まといにならないかがマジで心配だったからだ。班長のくせに何よ! と言われかねない。

すると、瑠香《るか》はふと思いついたようにつぶやいた。

「あ……でも、うちには大木《おおき》くんもいたんだっけ……」

声の調子があきらかに暗い。

大木《おおき》は身長が百六十五センチくらいあって、体重は八十キロ。圧倒《あっとう》されるほど大きく、人の三倍くらい食欲《しょくよく》があって、しかも何をするにもやはり三倍くらいかかる。気が優《やさ》しいから、みんなに好かれてはいるが、二人三脚《ににんさんきゃく》の相棒《あいぼう》には絶対《ぜったい》選ばれないタイプだ。

「まぁ、勝ち負けだけがすべてじゃないんだし。みんなで楽しくやろうぜ」

小林《こばやし》がいかにも優等生《ゆうとうせい》らしい意見を言うと、瑠香《るか》が立ち上がり、バンと彼《かれ》の机《つくえ》を叩《たた》いた。

「何、甘《あま》っちょろいこと言ってんの？　最初からそんな弱気なこと言ってて、どうやって勝つっていうのよ。そうよ！　どうせやるからには、一位を目指すんだからね!!」

小林《こばやし》はびっくりして瑠香《るか》を見上げた。

近くの生徒たちも驚《おどろ》いてこっちを見た。

「悪いな！　一位はオレたちがもらったぜ！」

さっそく島田《しまだ》がチョッカイを出してきた。

例のバカ田トリオのひとりだ。

彼らは、くじ引きにもかかわらず、ちゃっかり同じ班《はん》になっていた。これはまさに奇《き》跡《せき》だ、運命だと騒《さわ》いでいたが、うるさいのがまとまってくれてありがたいとみんなは口々に言っていた。

ちなみに、班長《はんちょう》が河田《かわだ》で、副班長が島田《しまだ》だった。

島田《しまだ》は小柄《こがら》ですばしっこく、足も速い。成績優秀《せいせきゆうしゅう》な弟が三年にいるが、常《つね》に日焼けしてイタズラばかりやっている兄とは正反対だ。

山田《やまだ》だって負けちゃいない。四人兄弟《きょうだい》の長男だというが、まったく落ち着きがない。いつも女子をからかっては追いかけられ、ポカスカ叩《たた》かれている。それでも反省するわけでもなく。彼《かれ》の辞書には「こりる」という言葉はないのだ。

そんな彼らをにらみつけて瑠香《るか》が言った。

「ふん、何言ってんのよ。あんたたちの誰《だれ》が問題解《と》くっていうのよ?」

バカ田トリオの他は、涙《なみだ》もろくてすぐお腹《なか》が痛《いた》くなってしまう水原久美《みずはらくみ》とアイドルのことしか頭にない久保《くぼ》さやかである。たしかに夢羽《むう》と小林《こばやし》コンビには手も足も出ないだろう。

ウっと返事に詰《つ》まった島田《しまだ》だったが、すぐに立ち直った。

「ふん！　ちゃんとオレたちには作戦があるんだ。後で、泣くなよ！」

「そうだそうだ!!」

「泣いたってダメだぞ」

横《よこ》から河田《かわだ》と山田《やまだ》がはやしたてる。

しかし、この三人に負ける瑠香《るか》ではない。

「ばっかじゃないの？　それに、さっきまで泣いてたの、あんたじゃないの!!」

ピっと人差し指を河田《かわだ》に向けて、指さした。

勝負、あった！

河田《かわだ》は、ぐうの音も出ないでいる。

まぁ、たしかにこいつらにだけは負けたくないな。

元《げん》もだんだんと本気になってきていた。

問題といったって、どうせナゾナゾかなんかだろう。肝試《きもだめ》しのことはさておき。とりあえず今日《きょう》からナゾナゾ問題の総《そう》チェックだ!!

と、単純《たんじゅん》なことにかけては、バカ田トリオとたいして変わりがない元《げん》であった。

4

そして……ついに、移動教室《いどうきょうしつ》の前日となった。

準備《じゅんび》をしながら、元《げん》はため息をついた。

オリエンテーリングや食事など、行動をともにする班《はん》の他に、移動教室に関《かか》わる様々な役をする係というのがある。

たとえば、朝の挨拶《あいさつ》や今日《きょう》の予定などを言う発表係、イベントの司会をするイベント進行係、バーベキューの用意や後かたづけをするバーベキュー係、ケガをした人の世話をする保健《ほけん》係、バスのなかでクイズを出したりゲームをしたりして盛《も》り上げるバス係などなど。

元《げん》は、ジャンケンに負けてイベント進行係になってしまった。一番なりたくなかったのが発表係と、このイベント進行係だ。

みんなの前に出て司会とか挨拶《あいさつ》とか、絶対《ぜったい》いやだ。

うー、本当は気楽なバーベキュー係とかバス係をやりたかったのに。

でも、決まったものはしかたない。

それに、二日目《ふつかめ》の肝試《きもだめ》しも憂鬱《ゆううつ》だ。

夢羽《むう》や瑠香《るか》の前で、キャーキャー言ってしまいそうな自分を想像《そうぞう》すると、最悪な気分になってしまう。

はぁ……。

またまたため息をついていると、母親《ははおや》の春江《はるえ》が階段《かいだん》を上がってやってきた。

「元《げん》、もう準備《じゅんび》は全部できたの？」

妹の亜紀《あき》とふたりで使っている部屋《へや》のドアはだいたいいつも開けっ放しだ。

「うー」

元《げん》は返事の代わりにうなった。

最初は、「もう五年生だから用意くらいみんなできるわよね？　ママはいっさい面倒《めんどう》みないからね！」と言っていたのに、

「どっちなのよ。ほら、もう夕飯よ。もし、足りないものあったら買いに行かなきゃならないでしょ？　ったく、ママが見てあげよっか？」

と、結局は手を出してくる。

「いいよ、もう。全部できてるから！」

めんどくさそうに元《げん》が言うと、春江《はるえ》はさも疑《うたが》わしそうに「本当ぉぉ？」と言っていたが、

「ま、いいでしょ。そうよね、何せもう五年生なんだもの……」

とかなんとかブツブツ言いながら階段《かいだん》を降《お》りていった。

元《げん》の家は、父の英助《えいすけ》、母の春江《はるえ》、妹の亜紀《あき》、そして元《げん》の四人家族だ。

英助《えいすけ》は出版社《しゅっぱんしゃ》の営業《えいぎょう》をやっている。春江《はるえ》も昔は同じ職場《しょくば》だったが、今は専業主婦《せんぎょうしゅふ》だ。

亜紀《あき》は、小学二年生。二年生のわりには口が達者で、元《げん》もしばしば言い負かされることがある。

大きなリュックに荷物を全部押《お》しこむ。

一度担《かつ》いで立ち上がろうとしたが、後ろにオットット……と倒《たお》れそうになってしまった。

「うへぇ。重いなぁ。何が重いんだぁ？」

もう一度荷物を点検《てんけん》してみる。

「やっぱりナゾナゾの本五冊《ごさつ》は重すぎるかな。よし、思い切って一冊にしよう！」

本を四冊本棚《ほんだな》にもどす。

その他、大きなラジオ付き懐中《かいちゅう》電灯もやめて、小さなのにしたし、目覚まし時計《どけい》もやめた。どうせ早くに目が覚めるだろう。

今年《ことし》和野戸《かずのこ》神社で買ったお守り、これは軽いし、かさばるもんじゃなし、いいだろう。魔《ま》よけになるかもしれない。

最後に、いつも使っている枕《まくら》をあきらめ、引っ張《ぱ》り出すと……あら不思議。

さっきの状態《じょうたい》がウソのようにスカスカになってしまった。

「なんだなんだ、これならやっぱりナゾナゾの本、入れてもいいかなぁ？」

元《げん》がなんだかんだやっていると、亜紀《あき》がやってきた。

「お兄《にい》ちゃん、ママがご飯だって怒《おこ》ってる」

「あ、ああ」

結局、やっぱり本は一冊《いっさつ》にして、トレーナーをもう一枚《いちまい》追加した。プー先生が「山は寒いからなー！　油断《ゆだん》するなよー！」と何度も脅《おど》かしていたのを思い出したからだ。

5

居間《いま》に下りていくと、父の英助《えいすけ》が服を脱《ぬ》ぎ、楽チンズボンとT《ティー》シャツ姿《すがた》になっているところだった。

彼《かれ》は四季を通じて、家にいる時はこの格好《かっこう》のことが多い。

「おう、元《げん》。あしただったよな？　修学旅行《しゅうがくりょこう》」

「違《ちが》うよ、移動教室《いどうきょうしつ》だよ。それ、三回くらい間違えてる」

「そっかそっか」

英助《えいすけ》はガッハッハと大口を開けて笑い、ダイニングの椅子《いす》に腰《こし》かけた。

今日《きょう》は、豚肉《ぶたにく》のシャブシャブらしい。

テーブルに鍋《なべ》セットが並《なら》んでいる。

「元《げん》！　運ぶの手伝《てつだ》って」

「うー」

春江《はるえ》に言われ、元《げん》はしぶしぶ台所に向かう。

もともと「はい」なんて絶対《ぜったい》言わないが、最近は「うん」とも言わなくなってしまった。

だいたいは返事しないか、聞こえないような声でうなるか。

ご飯をよそったお茶碗《ちゃわん》を四つと小鉢《こばち》を四つ、お箸《はし》も四本。大きなお盆《ぼん》に載《の》せて運ぶ。

「ねえねえ、お兄《にい》ちゃん。肝試《きもだめ》しってあるんでしょ？　それ、お化け出るの？」

亜紀《あき》がいやな話題を持ち出した。

「へえー、おもしろそうじゃないか。いいなぁ、オレも行きたいなぁ」

と英助《えいすけ》も言うので、うんざりした顔で元《げん》がふたりをチロっと見る。

すると、英助《えいすけ》は何かを思い出したという顔をして、膝《ひざ》をペチっと叩《たた》いた。

「そうかそうか。そういや、元《げん》はお化け屋敷大嫌《やしきだいきら》いだもんな。ほら、ママ、覚えてるか？」

「覚えてるわよ！　和野《かずの》戸《こ》神社のお祭りでしょ？」

春江《はるえ》は野菜《やさい》やキノコをたくさん盛《も》りつけたザルを持ってきながら言った。

「たしかまだ保育園《ほいくえん》だったのよね。瑠香《るか》ちゃんもいっしょでさ」

「そうそう。お化け屋敷といったって、すっごくチャチなやつなんだが、元《げん》が怖《こわ》がって怖がって。でも、瑠香《るか》ちゃんにグイグイ引っ張《ぱ》られて最後まで行ったんだ。そしたら、大泣きに泣いて。あんまり泣いてるから、かわいそうだって、お化け役の人が出てきて、お菓子《かし》をくれたんだけど」

「その人見て、また大泣きしたのよね。瑠香《るか》ちゃんなんて、さっさとお菓子《かし》いただいて、『お化けさん、ありがとう!』だって」

ふたりしてゲラゲラ笑っているのを見て、元《げん》は思った。

親っていうのは、子供《こども》の思い出したくない恥《は》ずかしい過去《かこ》をいっぱい知っていて、それをネタに何度も何度も蒸《む》し返すのが好きな人種なんだ。

そして、これはたぶん一生続く。

きっと元《げん》が五十歳《ごじっさい》になったって、この時のお化け屋敷《やしき》の話をしたりするんだ。

たとえ本人がまったく覚えていないとしても。

……でもなぁ。

と、元《げん》はいやなことを思い出した。

実は……今回の移動教室《いどうきょうしつ》に関して、無視《むし》できない噂《うわさ》があるのだ。

それは、『座敷童《ざしきわらし》伝説』。

その朝霧荘《あさぎりそう》というのは、もともと古いホテルだったたのを改築《かいちく》したものなのだが、改築前から、座敷童が出るというもっぱらの噂だった。

噂《うわさ》といっても、あまりに多くの人たちが見ているから、やっぱり本物なんじゃないかってことで、一時は雑誌《ざっし》やテレビにも取り上げられた有名な場所なんだそうだ。

クラスのみんなも寄《よ》るとさわるとその話でもちきり。

バカ田トリオの面々は自分が見つけてやると張《は》り切っていた。

気になって、元《げん》は座敷童《ざしきわらし》のことは調べてみた。

まぁ、たいがいは悪さをしない子供《こども》の妖怪《ようかい》だということで、むしろ座敷童のいる家や座敷童に会った人は縁起《えんぎ》がいいとまで言われている。祟《たた》ったり呪《のろ》ったりはしないようだから安心だけど。でも、やっぱり気味が悪い。

深夜、寝《ね》ていて、ふと胸騒《むなさわ》ぎがして起きたら……ポツンとひとり、子供《こども》が布団《ふとん》の横に立ってたらどうしよー！　とか。

窓《まど》から森を見てると、知らない子がこっちをジーっと見てたらどうしよー！　とか。

たぶん、それが単なる他の泊《と》まり客だって、絶対怖《ぜったいこわ》い。

まず、夜中にトイレに行くってことがもうアウトだ。

そのためにも、夜になったら絶対《ぜったい》水は飲まないようにしようとか、寝《ね》る前にトイレには最低三回は行っておこうとか、人知れず対策《たいさく》を練っていたのだ。

そう。こんなこと、他の誰《だれ》にも相談なんかできやしない！

「元《げん》、どうしたの？　んもー、ボーっとして。お肉、冷めちゃうわよ！」

春江《はるえ》の声がして、ハっと我《われ》に返る。
元《げん》は、フーっと大きくため息をついた。そして、何かと気苦労の多いこの移動教室《いどうきょうしつ》が無事過《す》ぎてくれればと心から願いつつ、豚肉《ぶたにく》にぱくついたのだった。

★いよいよ、出発！

1

やっぱりゆうべはなかなか寝付《ねつ》けなかった。

遠足とか運動会とか、いつもと違《ちが》うイベントがある前の日ってのは、どうして寝られないんだろう。

寝なくっちゃと焦《あせ》る気持ちがよけいいけないのかもしれない。

しかも、朝はふだん考えられないくらいに早く目が覚める。

どうしたって寝不足だから、肝心《かんじん》の時に眠《ねむ》くなってしまうのだ。

「あら、おはよう。早いわね」

春江《はるえ》がニヤニヤしている。

台所で元《げん》の弁当《べんとう》を作っているところだ。昼食は弁当だからだ。

大あくびをしながら顔を洗《あら》う。

鏡に映《うつ》った顔は、寝不足《ねぶそく》！　というハンコが押《お》されているような顔だった。


「おはようございます！」

打って変わって元気な声。元《げん》と春江《はるえ》の後ろから、瑠香《るか》とその母親が歩いてきていた。

「同じ班《はん》なんですって？　心強いわ。元《げん》くん、よろしくね」

瑠香《るか》の母が元《げん》に言うと、春江《はるえ》は笑って手を振《ふ》った。

「あら、やだ。それを言うならこっちのほうよ。瑠香《るか》ちゃんがいっしょだったら、もう安心よ」

すると、瑠香《るか》はにっこり笑って髪《かみ》をゆらした。

「はい！　元《げん》くんママ、お任《まか》せくださいっ！」

ちぇ、よけいなことを……。

元《げん》だけがそっぽを向いたまま、四人が校庭に入ると、すでに半分以上の生徒が来ていた。

早朝だというのに、校庭は生徒や見送りの父母でにぎやかだ。

バスは学校の表の駐車場《ちゅうしゃじょう》に二台、並《なら》んでいた。


「いよいよ待ちに待った移動教室《いどうきょうしつ》の日がやってきました。怪我《けが》などしないよう、十分に注意して、先生の言うことをよく聞き、銀杏《いちょう》が丘第一《おかだいいち》小学校の五年生らしく行動したいと思います！」


心にもないことを生徒代表が言う。

あれは、隣《となり》のクラスだ。例の発表係のひとりだろう。

あー、よかった。あの係じゃなくって、と元《げん》はつくづく思った。

みんな大きなリュックやカバンを持って、頭には帽子《ぼうし》、首からは水筒《すいとう》というスタイル。

夢羽《むう》も遅《おく》れないでちゃんと来ていた。黒のスポーツバッグを足下に置いて、キャスケット帽子《ぼうし》を目深《まぶか》にかぶり、いつもと同じ服装《ふくそう》なんだけど、なんだかかっこいい。

彼女《かのじょ》には見送りの家族などいない。

というか、彼女の家族構成《こうせい》はどうなのか、未《いま》だによくわからない。

サーバル・キャットという種類の豹《ひょう》みたいな大型猫《ねこ》と、大きな洋館に暮《く》らしていることはわかっているが。

校長先生や教頭先生、プー先生の挨拶《あいさつ》が終わり、いよいよ出発！　ということになった。

「ワクワクするね！」

瑠香《るか》が夢羽《むう》に言うと、夢羽《むう》もうなずいてみせた。

その時、小林《こばやし》がぐるっと四方を見渡《みわた》して言った。

「なぁ、大木《おおき》はどうした？」

「え？　大木《おおき》？　さっきまでいただろ」

元《げん》が言うと、小林《こばやし》はうなずいた。

「ああ。でも、今はいない。トイレにでも行ったかな」

「そっかな……」

しかし、待てど暮《く》らせど、大木《おおき》は現《あらわ》れない。

「どうしたの？　他の班《はん》、みんなバスに乗ってるよ？」

瑠香《るか》が言う。

「いや、大木《おおき》がいないんだ」

「えええー？　んもー、出発前からこれだもん。先が思いやられる！」

瑠香《るか》がプクーっと頬《ほお》をふくらませた。

「いいよ。オレ、ちょっと捜《さが》してくる！」

元《げん》はそう言うと、校舎《こうしゃ》のほうに走った。

「じゃあ、先生にそう言っとくよ！」

小林《こばやし》が大きな声で言う。

元《げん》は手を挙げて答え、校舎に入った。

誰《だれ》もいない玄関《げんかん》。靴箱《くつばこ》がズラっと並《なら》んでいる。

そこに、大木《おおき》がいた。

「ああ、よかった。大木《おおき》、もうみんなバスに乗ってるぞ」

元《げん》が言うと、彼《かれ》は泣き出しそうな声で言った。

「ちょ、ちょっと、起き上がれなくなっちゃって……」

「ええ⁉」

見ると、彼《かれ》は自分と同じくらいある大きなリュックを背負《せお》ったまま、ジタバタしていた。

元《げん》も昨日経験《きのうけいけん》があるからよくわかった。

後ろに回って、リュックをぐーっと押《お》し上げてやった。

「お、重っ‼」

顔を真《ま》っ赤《か》にして押《お》して、ようやくなんとか上がるくらいだ。

「おい、いったい何、入ってんだ？」

元《げん》が聞くと、大木《おおき》は短い髪《かみ》をボリボリかいた。

「でも、これ、帰りは軽いんだよ」

「ええ⁉」

「いやぁ……これは内緒《ないしょ》だよ？」

「え？」

と、見せてくれたリュックの中身に、元《げん》はびっくりしてひっくり返りそうになった。

中身のほぼ半分以上は、お菓子《かし》やおにぎり、パン、ジュース、バナナ……などなど、食料だったのだ。フルーツやツナの缶詰《かんづめ》まである。重いはずだ。

「だ、だって、これくらい持ってないと安心できなくって。なぁ、元《げん》、内緒《ないしょ》にしててくれるよな？　頼《たの》む！」

と、拝《おが》まれ、元《げん》は胸《むね》をバンと叩《たた》いた。

「おう、任《まか》しとけ。ほら、さっさと行こうぜ。じゃないと先生が怪《あや》しむ」

「うん！」

というわけで、ふたりはなんとか重い重いリュックを運び、バスへと無事乗りこんだのである。

リュックはバスの下のトランクに運転手さんが入れてくれるのだが、大木《おおき》のリュックがあまりに重いのでびっくりしていた。

「遅《おそ》いぞー！　大木《おおき》、ウンチしてたんだろー！」

バカ田トリオの山田《やまだ》が言うと、河田《かわだ》も島田《しまだ》も同じように「くせー！」とか「ウンチマン！」とか、くだらないことをはやしたて、女子のひんしゅくを買った。

「ほら、さあさあ！　ちゃんと隣《となり》に友達《ともだち》はいるな？」

プー先生が大声で聞く。

元《げん》は、窓際《まどぎわ》に座《すわ》っている夢羽《むう》を見て、赤くなった。

頬杖《ほおづえ》をつき、窓の外を見ていた夢羽《むう》の横顔のかわいかったこと！

うっははは。

移動教室《いどうきょうしつ》、最高っ！

2

バスに乗って二時間。

高速道路を快調《かいちょう》にひた走り、トイレ休憩《きゅうけい》も終わって、バスは高速を下りた。

後は、ひたすらクネクネした山道を登っていくことになる。

「せ、せかい……で、は……い、……し……でしょう？」

バスの一番先頭では、進行方向とは逆向《ぎゃくむ》きに立って、あっちにユラユラこっちにユラユラ。バスがゆれるたびに同じようにゆれながら、大木《おおき》が青い顔で何か言っている。

でも、みんながガヤガヤ騒《さわ》ぐ声でちっとも聞こえない。

「なんですかー？　聞こえませぇーん！」

女子がいじわるく大声で聞く。

「ちぇ、そっちの声がうるさいから聞こえないんだろ？」

元《げん》はブツブツ言った。

大木《おおき》はあんパンみたいなふくらんだ顔をさらにふくれっ面《つら》にして、バスの通路に立ってしきりと汗《あせ》をかいている。

彼《かれ》が今、何を一所懸命《いっしょけんめい》やってるかというと、バス係である。

バスのなかでみんなが退屈《たいくつ》しないように、クイズやナゾナゾを出して盛《も》り上げる、バ

ス盛《も》り上げ係というわけだ。

その隣《となり》の席で、「もっと大きな声で言いなよ！」とか「大木《おおき》ぃ、しっかりしろよぉ」とハッパをかけている連中もそうだ。

自分たちも同じ係なんだったら、もうちょっと助けてやったらいいのに。

元《げん》は、さっきからイライラしていた。

しかし、それ以上にイラついていた人間がいた。

それは、元《げん》の席より三つほど前の席に座《すわ》っていた瑠香《るか》である。

隣《となり》には、彼女《かのじょ》と仲のいい女子、高橋冴子《たかはしさえこ》が座っている。髪《かみ》をふたつ結びにし、元気で頼《たよ》りがいのある女子だ。

そのふたりが同時に立ち上がり、こっちを振《ふ》り向いた。

「ちょっとぉー！　みんながうるさいから聞こえないんでしょ？　静かにしようよ」

と、瑠香《るか》がよく通る声でみんなに言うと、冴子《さえこ》は大木《おおき》に向かって言った。

「そうよ。それに大木《おおき》くんももっとはっきり言ってよ。世界で……から先がわかんない！」

それだけ言うと、ふたり同時にドンと席に座《すわ》る。

元《げん》は、その瞬間《しゅんかん》、ちょっとバスがゆれたような気がした。

でも、さっきからイラついていたことをズバっと言ってくれて、少しホっとした。

バスのなかも、少しの間だろうが、ようやく静かになった。

「大木《おおき》！　がんばれ！」

口に手を添《そ》えて元《げん》が言うと、元《げん》の後ろの席にいた小林《こばやし》も、

「そうだ。大木《おおき》、落ち着いて話せ！」

と、声をかけた。

ふたりに声をかけられ、大木《おおき》は泣き出しそうな顔で小さくうなずいた。

ちぇ、やることなすこと、体格《たいかく》に似合《にあ》わない。

たぶん、元《げん》の二、三倍はあろうかという大きな体を小さくして、大木《おおき》はもう一度問題を言った。

「えっとぉ……せ、世界で……一番は、はや、速い……虫はなんでしょう？」

「ええ？　なんだって？」

「もう一度！」

「速い何⁇」

みんなが口々に聞くから、またまた大木《おおき》は赤くなったり青くなったりした。

すると、また瑠香《るか》が立ち上がり、ゆっくり振《ふ》り向いた。

「世界で、一番速い虫はなんでしょう⁉」

声はかわいいままだが、けっこうドスが効《き》いてるというか、迫力《はくりょく》のある調子で、大木《おおき》の言った問題を繰《く》り返した。

ようやく問題を理解《りかい》したみんなは「世界で一番速い虫ぃ？」と、頭をひねり始めた。

大木《おおき》はホっとした顔で席に座《すわ》ろうとした、ちょうどその時だ。

カーブに差しかかったバスが大きくゆれた。

「う、うわあぁああ！」

大木《おおき》の大きな体がプー先生の上に。

「つ、つぶれるぅぅ」

プー先生は情《なさ》けない声をあげた。

先生だって大木《おおき》と似《に》たような体格《たいかく》してるんだから、どう考えたってつぶれっこないだろうにと、みんな大笑いした。

しかし、笑ってもいられない事件《じけん》が起こったのである。

3

それは、バスでの長旅では避《さ》けて通れない問題だった。

そう。気分が悪くなった生徒がビニール袋《ぶくろ》のお世話になるという、例の問題である。

しかも、事件《じけん》はちょうど大木《おおき》がプー先生の上に倒《たお》れ、わあわあやってる時に起こった。

大木《おおき》の隣《となり》に立って、次の問題を読む係だった桜木良美《さくらぎよしみ》。小柄《こがら》で、ショートカットの髪《かみ》でチマっとした鼻に丸い眼鏡《めがね》の女の子。すごく真面目《まじめ》な性格《せいかく》だから、自分がちゃんと読めるかが心配でたまらなかった。

だから、ずっとバスの進行方向とは逆《ぎゃく》のほうを向いて立ちながら、下を向いて、ずり落ちる眼鏡を指で押《お》さえつつ、細かい字を目で追っていたのだ。

さらに、彼女《かのじょ》はふだんから車酔《くるまよ》いしやすいタイプだった。

カーブの多い道に差しかかったため、バスは右に左にとゆれている。

これだけの悪条件《あくじょうけん》が重なればしかたのないことだろう。

「ウッ！」と、口を押《お》さえたまではよかったのだが、ビニール袋《ぶくろ》が間に合わなかった。

しかも、彼女《かのじょ》はみんなのほうを向いて立っている。

みんな「世界で一番速い虫」がなんなのか頭をひねりながら、決定的瞬間《しゅんかん》の目撃者《もくげきしゃ》になってしまったのだ。

「きゃあああ!!」

「う、うあぁ、やった！」

「げー、汚《きた》ねえ」

「あわわわわ……」

不幸中の幸い、さほど大量に放出はしなかったものの、その光景やたちまちバス内に立ちこめる臭《にお》いといったものは、かなりのダメージである。

車酔《くるまよ》いするタイプじゃなかった生徒たちにまで、伝染《でんせん》してしまった。

「う、うぅうっ！」

「げ、や、やめろ。ビニール、ビニール！」

「ウッ、ウェ……」

あちこちで気分が悪くなってしまった生徒がいて、一時、バスのなかはパニック状態《じょうたい》になってしまった。

「ほ、ほら、みんな落ち着け！」

プー先生が大きな声で言う。しかし、彼《かれ》だって本当のことを言えば、人のことを注意しているような余裕《よゆう》はなかった。何せ、隣《となり》で事件《じけん》が起こり、その後始末をしていたのだから。

あわてていたからか、下《した》っ腹《ぱら》に力が入ったせいか、プ——っと、盛大《せいだい》におならをしてしまった。

「やっだぁああ!!」

「やったやった、プー先生がプ——っ!!」

「きゃあ、くっさあああぁい」

「勘弁《かんべん》してくれよお」

落ち着くどころか、さらにひどいパニックになってしまった。

「あのぉ……、次のパーキングで少し休憩《きゅうけい》しましょうか？」

バスの運転手に言われ、プー先生は「は、はい、お願いします！」と、すがるような目で答えたのだった。

バスが停まり、空気の入れ換《か》えもして、みんなも人心地《ごこち》つき、ようやく落ち着くことができた。

車には強い元《げん》もホッとして、隣《となり》を見た。

でも、夢羽《むう》は相変わらず熟睡中《じゅくすいちゅう》だった。

ふだんの授業中《じゅぎょうちゅう》でも、寝《ね》ていることが多い。いったいどういう生活をしているんだろう？　と、元《げん》は思った。興味《きょうみ》があるのと、それから少し心配でもあった。

何か、夜、寝られないことでもあるんじゃないだろうか……？

バスでの騒《さわ》ぎなんてまったく気にせず（というか、知らず）に寝ている彼女《かのじょ》の横顔は、しつこいようだが、とてもとてもかわいい。

いつまでも、このまま見ていたい気分……と、その時、いきなり頭の上から声がした。

「ちょっと、元《げん》くん。何、見てんのよ。いやらしー！」

「い、いやらしー……って！」

声の主を確《たし》かめる必要もない。

前の席の背《せ》もたれの上に両手を組んで、瑠香《るか》が見下ろしていた。自分の席から、わざわざ移動《いどう》してきたのだ。

「いやぁ、よく寝るなぁって思ってさ。これだけ騒ぎが起こってんのに」

元《げん》が言い訳《わけ》すると、瑠香《るか》は案外素直《すなお》にうなずいた。

「ほんとだよね！　夜、寝てないのかなぁ？」

と、やっぱり心配な顔。

彼女《かのじょ》も元《げん》と同じように心配なんだろう。

「ねぇねぇ、ところで、さっきの問題、わかった？」

瑠香《るか》が元《げん》に聞く。

「さっきの？」

「そう。一番速い虫って……。一番転びやすい虫ならテントウ虫だと思うんだけどさ。ちえ、せっかく夢羽《むう》に聞こうと思ったのに」

瑠香《るか》が頬《ほお》をふくらませたから、元《げん》はニヤリと笑った。

「こんな問題くらい茜崎《あかねざき》に聞くまでもないさ」

「ほんとに?? 元《げん》くん、わかったわけ??」

瑠香《るか》はすごく疑《うたが》わしげに見た。

「えー？　元《げん》くんわかったの？」

「おい、元《げん》、なんだよ、教えろよ！」

「そうだそうだ、教えろ教えろ！」

他の生徒たちも元《げん》たちの会話を聞きつけて首を突《つ》っこんでくる。

バカ田トリオたちなどは、わけもわかっていないのに、「なんだなんだ？」「ケンカか？」「元《げん》、ゲロ吐《は》くなよ！」と、みんなを押《お》しのけてきた。

元《げん》は彼《かれ》ら三人は無視《むし》し、得意げに言った。

「だからさ。一番速い虫だろ？　はやーい虫……はえー虫……ハエェ……つまり、『ハエ』だよ」

最後はパタパタと飛んでいるマネまでした。

すると、瑠香《るか》をはじめ、聞いてきた全員があからさまにガッカリした顔になった。

「ええー？　うっそ！　それが答え⁇」

「つまんなー」

「あぁあー、なんだよ、それ。くっだんねぇー」

「ほんと、聞くんじゃなかった」

「やれやれ、時間損《そん》した」

えらい言われようである。

だいたい問題を言ったのは、大木《おおき》であって元《げん》ではない。

答えを教えてくれって言うから、教えてやったのに。なんでオレがこんな言われ方をされなきゃいけないんだ！　ま、たしかにくだらない問題だとは思うけどさ。

瑠香《るか》をはじめ、他のみんなも口々に文句《もんく》を言いながら自分の席にもどっていく。

島田《しまだ》なんかは、どさくさに紛《まぎ》れて、元《げん》の頭をポカっと一発殴《なぐ》っていった。

「ちぇ、なんだよっ!!」

元《げん》は口をへの字にして、椅子《いす》の背《せ》をバンっと叩《たた》いた。

すると、隣《となり》でよく寝《ね》ていた夢羽《むう》が「ん……？」と目を半分覚ました。

「あ、ご、ごめん。起こした??」

あわてて元《げん》が言うと、夢羽《むう》はふわーっとあくびをして、外を見た。

「もう着いたのか？」

「い、いや、ただの休憩《きゅうけい》だよ」

「ふうん……。でも、ずいぶん高いところまで来てるんだな。耳が変だ」

と、夢羽《むう》は耳を押《お》さえながら窓《まど》の外をまぶしそうに見た。

たしかに、耳の奥《おく》がポーンとした感じがする。よくエレベーターなんかで高いところに行くとなったりするアレだ。

ゴクっと唾《つば》を飲みこむと、ちょっと治った。

窓《まど》の外には町並《まちな》みではなく、森林が続いていた。

というか、とっくの昔に山道を走っていたのだが、夢羽《むう》だけは寝《ね》ていたから知らなかったのだ。

大物だよな。オレなんかとは正反対で。

オレなんか、オレなんか、ナゾナゾの答え言っただけでバカにされて、しかもそんなことで、こんなに腹立《はらた》てて。

元《げん》はすっかり落ちこんでしまった。

自分《じぶん》が夢羽《むう》に比《くら》べ、とんでもなくガキっぽく思えてならなかったからだ。

4

朝霧荘《あさぎりそう》に無事到着《とうちゃく》！

「腹減《はらへ》ったぁぁぁ」

「もうだめぇ」

「歩けねぇー」

生徒たちは口々に文句《もんく》を言いながらバスから降《お》りた。

しかし、朝霧荘《あさぎりそう》を目の前にして、とたんに黙《だま》ってしまった。

思い描《えが》いていた宿舎《しゅくしゃ》とは、まったく違《ちが》ったからだ。

黒々と茂《しげ》る森を背《せ》に、三階建ての建物はどこもかしこも古くて、壁《かべ》にはツタが生《お》い茂《しげ》り、ヒビが入ってたり、黒カビのようなものが斑点《はんてん》を作っていたりして、陰気《いんき》な感じだ。

「軽井沢《かるいざわ》の朝霧荘《あさぎりそう》」というさわやかそうな名前から、みんなが勝手に想像《そうぞう》していただけなのに、全員、プー先生たちを恨《うら》めしそうに見た。

「な、なんだ?? ほら、いいだろ。自然がいっぱいだ。宿舎も……ええっと、なんか時代を感じさせて……そ、そう！　風格《ふうかく》ってもんがある」

プー先生が苦しそうに言うと、みんないっせいに文句《もんく》を言い出した。

「気味わるぅい」

「きたなーい」

「きもーい」

「なんか出そう……！」

「げげ、まじー？」

元《げん》は、汚《きたな》いとかそういうことはこのさいどうでもよかった。キャンプなんかでは、もっともっと過酷《かこく》で悲惨《ひさん》な状況《じょうきょう》になったりする。虫や枯《か》れ葉入りカレーを食べたりもした。

そっちはいいけれど、「なんか出そう……」という一言にはピクっと反応《はんのう》した。

そうなのだ。

たしかに、なんか出そうなのだ。

どこもかしこも陰気《いんき》で、ピカピカという言葉とは正反対の窓《まど》ガラスに、何か映《うつ》ってても全然おかしくないような雰囲気《ふんいき》……。

うへぇ。

元《げん》は勝手に想像《そうぞう》して、勝手に鳥肌《とりはだ》立ってしまった。

「ねぇ、元《げん》くん、何してんの？」

瑠香《るか》に声をかけられ、思わずビクっとなってしまった。
気づけば、みんな重いリュックやバッグをバスの運転手さんからもらって、ぞろぞろと宿舎《しゅくしゃ》の玄関《げんかん》へと移動《いどう》している。
元《げん》もあわててバスのほうに向かった。

玄関を入ると、すぐ左側に靴箱《くつばこ》がズラっと並《なら》んでいた。そして、大きな木の箱にはスリッパが山と積まれていた。でも、元《げん》たちは持参した上履《うわば》きを使用することになっている。

元《げん》は自分のスニーカーを靴箱《くつばこ》に入れ、大きなリュックのなかから上履《うわば》きを出して履いた。

その隣《となり》でウンウンうなっていたのが大木《おおき》だ。

彼《かれ》は例の巨大なリュックのなかからどうしても上履きを発見できずにいた。あまりにもたくさんの食料のせいで、どこかに紛《まぎ》れこんでしまったらしい。しかも、そのことを先生や他の生徒に指摘《してき》されるわけにはいかない。

「おい、どうしたんだよ。邪魔《じゃま》だよ、大木《おおき》ぃー」

と、他の生徒にも文句《もんく》を言われ、トレーナーが一枚《いちまい》ほしいくらいの涼《すず》しさだというのに、頭のてっぺんから汗《あせ》を噴《ふ》き出していた。

「なぁ、これじゃないのか？」

いっしょに探《さが》してやっていた元《げん》が、大木《おおき》のリュックのなかからそれらしい袋《ふくろ》を発見して言うと、大木《おおき》は情《なさ》けない顔で「元《げん》、ありがとおお」と元《げん》を拝《おが》んだ。

「どうしたんだよ」

なかなかやってこない元《げん》と大木《おおき》のことを心配して、小林《こばやし》がもどってきた。

彼《かれ》には見せてだいじょうぶだと思ったのか、大木《おおき》が照れくさそうにリュックのなかを見せ、事情《じじょう》を説明した。

すると、小林《こばやし》はびっくりした顔で言った。

「すっげー。口止め料に、オレにもなんかくれよな」

大木《おおき》はすごくうれしそうにウンウンとうなずく。

そりゃそうだ。クラス一の秀才《しゅうさい》が味方についてくれたんだから。

こうして、元《げん》と小林《こばやし》に手伝《てつだ》ってもらい、ようやく大木《おおき》は部屋《へや》までリュックを運ぶことができた。

元《げん》たちのクラスは二階を使い、隣《となり》のクラスは三階を使うことになっている。

部屋《へや》は二〇四号室。

元《げん》、小林《こばやし》、大木《おおき》の他には、同じクラスの竹内徹《たけうちとおる》、佐々木雄太《ささきゆうた》、溝口健《みぞぐちけん》の三人。合計で六人だ。

竹内《たけうち》はヒョロっと背《せ》が高く手足が長い男子で、野球やバスケが得意。勉強のほうはイマイチだが、意外と歌もうまい。家は、ギンギン商店街（元《げん》たちの住んでいる銀杏《いちよう》が丘《おか》の商店街）で金物屋をやっている。

佐々木《ささき》は対照的に背《せ》も低く筋肉質《きんにくしつ》の体格《たいかく》。体育は得意で、特にマラソンではいつも上位に食いこんでいる。父親はサラリーマンだが、母親のほうは書道教室をやっていて、元《げん》たちのクラスの何人かは通っているという噂《うわさ》だった。

溝口《みぞぐち》はごく普通《ふつう》の体形で、顔にもこれといった特徴《とくちよう》がない。強《し》いていえば、髪《かみ》が茶色っぽいということくらい。別に染《そ》めてるわけじゃなくて、天然なのだ。父親は公務員《こうむいん》で母親は専業主婦《せんぎようしゆふ》。彼《かれ》とそっくりの顔の両親で、二年生の妹も瓜《うり》ふたつだった。

……という六人だが、部屋に入ったとたん、いきなり相撲《すもう》大会に突入《とつにゆう》した。

朝霧荘《あさぎりそう》の何部屋《なんへや》かは、ベッドの置かれた洋室だが、大部屋は和室になっている。

ズデーン!!

大木《おおき》の巨体《きょたい》が古い畳《たたみ》の上に転がる。

彼《かれ》の半分ほどしかない佐々木《ささき》が見事な投げを披露《ひろう》したのだ。

もうもうとホコリが舞《ま》い上がる。

「うわ、たまんねえ！　窓《まど》、開けようぜ」

小林《こばやし》はそう言うと、鼻と口を押《お》さえ、窓《まど》を開けて回った。

彼はハウスダストのアレルギー持ちで、この手の古い家やカビ臭《くさ》いホコリには弱いのだ。

「ねえ、いつまで遊んでんの？　昼ご飯だよ！」

開いてる扉《とびら》から瑠香《るか》が顔を出して言う。

「へぇ――い」

「ほいほい」

「はーい」

男子たちは素直《すなお》に返事をし、リュックのなかから持参した弁当《べんとう》をいそいそと取り出した。

もちろん、大木《おおき》のはふたり分くらいある。

彼《かれ》はものすごくうれしそうにその大きな弁当箱を取り出すと、元《げん》や小林《こばやし》に向かって、にっこり笑ったのだった。

5

一階は、玄関《げんかん》、食堂、大広間、トイレがあり、風呂場《ふろば》への廊下《ろうか》もある。その先には、女湯と男湯があり、それぞれ小さいながらも露天風呂《ろてんぶろ》がついている。

二階は、大部屋《おおべや》が五部屋、個室《こしつ》が四部屋、そして洗面所《せんめんじょ》とトイレになっていて、ホテル「ニューアサギリ」への連絡《れんらく》通路もあった。

三階は、その連絡通路がなくて、屋上への階段《かいだん》があるだけだが、今は閉鎖《へいさ》されている。

二階の連絡通路だが、これを歩いていくと、ホテルの一階に通じている。つまり、朝《あさ》霧荘《ぎりそう》が建っているところより、ホテルのほうが高い場所に建っているというわけだ。

生徒たちは、もちろんホテルのほうに行ってはいけないときつく言い渡《わた》されていた。万が一、それでも決まりを破《やぶ》った生徒がいた場合は、その生徒はオリエンテーリングや肝試《きもだめ》しに参加できない。

これは他の決まりについてもそうだ。夜中に他の部屋《へや》に行かない、勝手にどこかへ行かない……など、とにかく先生の言うことをきかなかった場合はいくら泣いてもダメだと、先生たちは口を酸《す》っぱくして言っていた。

「プー先生はまだ甘《あま》いけど、めぐみ先生はなぁ……」

生徒たちは口々にそう言った。

めぐみ先生とは、高科《たかしな》めぐみという隣《となり》のクラスの担任《たんにん》である。目がパチっとしていて、若《わか》くて元気なピチピチした先生なのだが、これが怒《おこ》ると恐《こわ》いのだ。

バカ田トリオたちも泣かされたことがあるくらいだ。

ふだんは楽しくて、優《やさ》しい先生なのだが、クラス内でイジメっぽいことがあったり、決まりを守らず暴走《ぼうそう》する生徒がいたりすると、ビシビシと怒《おこ》る。容赦《ようしゃ》しない。もちろん、たとえそれが隣《となり》のクラスであろうが、他の学年であろうが関係はない。

元《げん》たちも一目置いているのだ。


元《げん》たちが食堂に行くと、ほとんどの生徒たちが席についていた。

食堂には、長テーブルがズラっと並《なら》んでいて、生徒たちはその両側にある丸椅子《まるいす》に腰《こし》かけている。

弁当《べんとう》を長テーブルの上に置いて、わいわいがやがや、大変な騒《さわ》ぎだ。

開けはなった窓《まど》からは、深い緑が見え、気持ちのいい風も吹《ふ》きこんでくる。

瑠香《るか》が立ち上がって手を振《ふ》る。その隣《となり》には夢羽《むう》が座《すわ》っていた。

「ほら、各班長《かくはんちょう》、自分のところの班は全員そろってるか、確認《かくにん》しろ！」

体育の先生が口の横に手を置き、大声で言う。

水谷賢也《みずたにけんや》といって、百八十センチくらい身長がある。サラサラした髪《かみ》で、さわやかなイケメンだが、女子たちにはイマイチ人気がない。

「うーん、どっか古くさいのよね。っていうか、暑苦しい？」

瑠香《るか》たちに言わせると、そういうことらしい。

「筋肉《きんにく》先生」というあだ名もあったりする。

昔、よくいたタイプの熱血体育教師《きょうし》なのだが、そこが今の五年生たちにはどうもしっくりこない。その代わり、低学年の生徒たちや一部のお母さんたちには人気がある。

「へーい」

「ふぁーい」

「いまーす」

「いませーん」

各班《かくはん》の班長がやる気のない声をあげる。

すると、水谷《みずたに》先生は腰《こし》に手を置き、大声

で言った。

「こら、どうした？　最初からやる気ないなぁ、おまえら。班長《はんちょう》がそんなことでどうする!?　もう一回、やり直し!!　班長全員、立て!!」

みんなうんざりした顔で、

「先生、早くお弁当《べんとう》にしません？」

「腹《はら》、減《へ》って死にそう!!」

「いいじゃん、んなこと。おい、班長、早いとこ、言うこと聞けよ!!」

「ぶーぶーぶー!!」

と、口々に文句《もんく》を言った。

班長たちがしぶしぶ立った。そして、それぞれの班が全員そろったところで、弁当を食べてもいいということになった。

元《げん》たちの班は全員そろっていたので、無事、弁当を広げることができたが、なかなか集まらない班もなかにはあって。遅刻《ちこく》してきた生徒は、班のみんなから大ブーイングだった。

「じゃあ、みんなこれからオリエンテーリングがあるからな。説明は、高科《たかしな》先生にしていただく。食べながら聞きなさい！」

プー先生が立って言う。

めぐみ先生が代わって、

「では、これから説明をします。一度しか言わないから、よ――く聞いてください。聞き逃《のが》した班《はん》は、それだけゴールが遠くなると思ってね」

と、にっこり笑った。

するとそれまでザワザワしていた食堂が、まるで水を打ったように静まり返ったのだった。

6

オリエンテーリングの場所は、朝霧荘《あさぎりそう》のすぐ近くにある散策《さんさく》コースだ。林、芝生《しばふ》の広場、池、丘《おか》……など、地形はさまざまで、元《げん》たちの学校の校庭ふたつ分ぐらいの広さがある。

出発地点は、朝霧荘《あさぎりそう》からの小道を少し行ったところにある散策コース入り口。

各班《かくはん》、ひとつずつスタンプ帳があり、すべてのスタンプを押《お》して、一番最初にゴールした班が優勝《ゆうしょう》。ただし、ゴール地点は知らされていないから、それもヒントから推理《すいり》しなければならない。

最初に、ひとつだけ①のスタンプポイントはどこかのヒントをもらい、各班いっせいにスタート！

いろいろなところに先生が立っていて（座《すわ》っているかもしれないが）、ヒントをもらうことはできるが、そのためには先生とジャンケンをして勝たなければならない。一度ジャンケンをした先生とは続けてジャンケンをすることはできない。十分くらい経《た》った後なら、もう一度ジャンケンをすることもできる。

班《はん》でまとまって行動すること。どんな事情《じじょう》があっても、別行動は許《ゆる》されない。

それぞれのスタンプポイントに、次のスタンプポイントがどこかのヒントが書かれた紙が入っている封筒《ふうとう》がある。スタンプや封筒を隠《かく》したりした班は、そこで失格《しっかく》。

これがルールだった。

「よ――し!! 優勝《ゆうしょう》するわよ。いいわね!?」

瑠香《るか》が腕《うで》まくりする。

「頭脳系《ずのうけい》は小林《こばやし》くんと夢羽《むう》に任《まか》せた。運動系はわたしと元《げん》くん。大木《おおき》くんは……」

と、まだひとりで弁当《べんとう》を幸せそうに食べている大木《おおき》を見て、瑠香《るか》は言った。

「とりあえずみんなについてくること。いいわね!?」

「なんだよ、それ。偉《えら》そうだなぁ、ったく」

元《げん》がブチブチ言ってると、

「元《げん》くん、何か問題ある?」

と、言ってきた。

「まぁまぁ。みんなで考えて、みんなでがんばればいいじゃん」

と、小林《こばやし》が入って取りなしたが、瑠香《るか》は目の色を変えた。

「んもー！　だから、そういうきれいごと言ってる場合じゃないんだってば。ほら、見なさいよ、あいつら」

彼女《かのじょ》が言っているのはもちろんバカ田トリオたちのことだ。

彼《かれ》らは水原久美《みずはらくみ》や久保《くぼ》さやかに、あれこれ偉《えら》そうに命令している最中だった。

河田《かわだ》がヒョイとこっちを見て、他のふたりにゴソゴソ言った。そして、三人そろってこっちを向き、ベ――――っとアカンベーをしてみせたのだ。

「つきぃ――、く、くっやしい。ふんだ。あいつらなんか、ぶっちぎりで優勝《ゆうしょう》するんだもんね!!　いいわね、夢羽《むう》が頼《たよ》りなんだから！」

足をジタバタさせてくやしがった瑠香《るか》は、夢羽《むう》に言った。

夢羽《むう》は静かに微笑《ほほえ》んだ。

こうして、勝負の幕《まく》は切って落とされたのだった。

★オリエンテーリング

1

いよいよスタートである。

散策《さんさく》コース入り口に集まった生徒たちは、みんな期待で顔を輝《かがや》かせていた。

元《げん》もブルブルっと武者震《むしゃぶる》い。

まるでこれからゲームの冒険《ぼうけん》にでも出かけるようなワクワク感で、ただ立っているだけなのに顔が自然とニマニマしてきてしまう。

幸い、お天気もよく、半袖《はんそで》のT《ティー》シャツで十分という暖《あたた》かさだ。

マップとスタンプ帳が各班《かくはん》の班長に渡《わた》された。

ヒントが入った封筒《ふうとう》は厳重《げんじゅう》に封がしてあり、まだ開封してはいけない。

「先生たち、凝《こ》ってるなぁ」

瑠香《るか》が感心する。

「どう？　マップのほうは」

マップを検討中《けんとうちゅう》の夢羽《むう》たちに聞く。

夢羽《むう》は、トントンとマップを軽く叩《たた》いて言った。

「そうだな。たぶん、何かシンボル的なものが怪《あや》しいと思う」

「シンボル？」

「そう。目立つものってこと。たとえば、時計台《とけいだい》とか、アヒル池とか、子どものオブジェ……噴水《ふんすい》……そういうもの」

「なーるほど！　じゃ、そういうとこにまず行ってみればいいってことだね？」

瑠香《るか》が言うと、夢羽《むう》はこっくりうなずいた。

「なるほどな。ただなんとなく探《さが》してってもダメだもんなぁ」

と、元《げん》。小林《こばやし》も、

「でも、どんなふうにヒントの封筒《ふうとう》とスタンプが隠《かく》されてるのかなぁ」

と、腕組《うでぐ》みしてマップを見る。

「この侍《さむらい》の銅像《どうぞう》なんか怪《あや》しいよな」

「そうだな……」

なんて話していると、島田《しまだ》たちが隣《となり》でこっそり聞き耳を立てていた。

「こら、おまえたち、何聞いてんだよ！」

元《げん》が文句《もんく》を言うと、島田《しまだ》たちは「へっへっへ、べっつにー！」と、笑いながらとぼける。

どうも怪《あや》しいよな。

元《げん》は、ちらっと小林《こばやし》を見た。

彼《かれ》は苦笑《くしょう》していたが、その横で瑠香《るか》が腰《こし》に両手を置いて、プンプン怒《おこ》っていた。

そういや、バカ田トリオにとって瑠香《るか》って、天敵《てんてき》かも。

ま、何か言ったら火に油を注ぐようなことになりそうだ。ここは黙《だま》っておくに限《かぎ》る。

元《げん》は、ヒョイと肩《かた》をすくませた。

「じゃあ、いよいよ開始だけど。いいですね？　絶対《ぜったい》にバラバラになったり、勝手な行動はしないこと。班《はん》行動が基本《きほん》ですからね。はい！　じゃあ、各班、ヒントを見てください!!」

めぐみ先生の声を合図に、全部の班が一斉《いっせい》に封筒《ふうとう》を破《やぶ》いた。

全員、頭をくっつけてヒントを見る。

もちろん、元《げん》たちも見た。

第《だい》一のヒント　〈①のスタンプ〉

勇者の剣《つるぎ》

「勇者？　わー、なんかRPG《アールピージー》みたいだね」

ニコニコしながら大木《おおき》が言う。

「ゲーム……ゲーム……あ、この『レストハウス』にゲーセンがあったりして」

と、元《げん》。

「ゲームセンターがあるなら、あるって書いてないかな？」

瑠香《るか》が言うと、小林《こばやし》がマップを見つめて言った。

「ゲーセンはないけど、ここ、ここって『勇者の丘《おか》』って書いてあるよ」

それは南のほうにある『子《こ》どものオブジェ』の隣《となり》だった。すごく小さな字で書いてあるので、見落としそうだった。

「それだっ!!　だよね？　夢羽《むう》」

瑠香《るか》が夢羽《むう》に聞くと、彼女《かのじょ》はあいまいな顔で、

「うーん、これだけじゃ特定できないな」

と、言った。

「でも、とにかく行ってみようよ!!」

ということで、名ばかりの班長《はんちょう》、元《げん》の意見は聞かれることもなく、カゲの班長、瑠香《るか》の号令でみんなは『勇者の丘《おか》』を目指して走り出した。

つまり、スタート地点から南の方角である。

すると……なぜか、バカ田トリオたちの班《はん》も少し遅《おく》れて、そっちに向かって走ってくる。

「あいつら、なんなの？」

瑠香《るか》が振《ふ》り返って言うと、

「まぁ、気にしないでいこうよ」

と、小林《こばやし》が言った。

しばらく走っていると、道の左にこんもりした森が見えた。その前に、水谷《みずたに》先生が立っていた。

「あ、水谷《みずたに》先生!!」

瑠香《るか》が一番に発見し、走っていこうとしたが、その鼻先をかすめるようにして、足の速い島田《しまだ》がピューっと先に行ってしまった。

「あ、あいつっ!!!」

くやしがる瑠香《るか》の目の前で、

「あっかんべー!」

と、河田《かわだ》や山田《やまだ》も走っていってしまった。その後から、女子たちふたりもついていく。水原久美《みずはらくみ》は、始まったばかりだというのに、もう足取りが重い。久保《くぼ》さやかは、ちっとも興味《きょうみ》がないようすで、久美《くみ》に「ねぇねぇ、この前の歌バン見た??」と話しかけていた。

「ったくぅー!! やっぱりあいつら、わたしたちの話を盗《ぬす》み聞きしてたのよ! 元《げん》くん、早く早く!!」

瑠香《るか》にハッパをかけられ走り出したが、もう遅《おそ》い。

はぁはぁ言いながら到着《とうちゃく》した頃《ころ》には、バカ田トリオたちはもう水谷《みずたに》を捕《つか》まえ、ジャンケンを始めていた。

2

「よぉーし、先生はなかなかジャンケン、負けないぞ。おまえら、手加減《てかげん》しないからな！」

水谷《みずたに》がもったいぶって言うと、島田《しまだ》たちは口々に文句《もんく》を言った。

「先生、いいから、とっとと始めようぜ！」

「ほら、最初はグー、ジャンケンポン！」

「まったく、おまえらは。よーし、じゃあ行くぞ！　最初はグー!!」

ジャンケンの結果は、水谷《みずたに》の一発負け。

「よっしゃあ!!」

「やりぃぃ!!」

「もらったぜ！」

三人はもう優勝《ゆうしょう》したような喜びようで、水谷《みずたに》に迫《せま》った。

「ほらほら、早いとこ、ヒントヒント！」

「そうだ。もったいぶらずに先生、早いとこ教えてくれよぉ」

水谷《みずたに》は頭をかき、「しかたないなぁ」と言ってゴソゴソ三人に小声で伝えた。

「えー!? 西向く何ー?」

大きな声で山田《やまだ》が叫《さけ》ぶと、彼《かれ》の頭を島田《しまだ》がポカっと殴《なぐ》った。

「ばかっ、江口《えぐち》たちに聞こえちまうだろ?」

「ふん、あんたたちの話なんか盗《ぬす》み聞きするわけないでしょ?」

ようやく追いついた瑠香《るか》が言う。

「ま、いいや。じゃ、お先ぃー!!」

バカ田トリオはそう言うと、さっさと行ってしまった。

その後を女子たちが追いかけていく。

「しょうがないなぁ、あいつら」

小林《こばやし》がため息をついた。

「いいわよ。すぐ追い抜《ぬ》けばいいんだから。さあ、元《げん》くん、ジャンケンがんばってよ!」

瑠香《るか》に言われ、元《げん》は自分を指さした。

「ええ? オ、オレがジャンケンすんの?」

「そうよ。責任重大《せきにんじゅうだい》なんだからね！　負けたら、許《ゆる》さないからね」

瑠香《るか》にすごまれ、元《げん》は震《ふる》え上がった。

そんなようすを見て、水谷《みずたに》がソデをめくりあげ、見せなくてもいい筋肉《きんにく》を見せる。

「さーて、杉下《すぎした》、おまえか？　先生は強いぞ」

「はぁ」

げんなりした顔の元《げん》に、「元《げん》、がんばれ！」「負けるなよ！」と、小林《こばやし》たちが声援《せいえん》を送る。

「最初はグー!!　ジャンケンポン!!」

またもや、一発で勝った。

水谷《みずたに》はがっかりして、「おっかしいなぁ」と首をひねる。

「いいから！　先生、早くして。ヒントは何!?」

瑠香《るか》に容赦《ようしゃ》なくせっつかれ、水谷《みずたに》が言った言葉は……!!


『西、向く人』

「なんだ、それ？」

元《げん》が言う。

「西……だから、こっちかな？　えーと、モミジ苑《えん》とか時計台《とけいだい》とかあるほうだよ。そっちにあるんじゃない？」

瑠香《るか》はマップを見て言った。

たしかに西にはモミジ苑や時計台があるが……。

「いや、西に向く人であって、西にある人ではないだろ？　それに、人ってなんだ？　このオブジェとか侍《さむらい》の銅像《どうぞう》かな？　あ、乙女像《おとめぞう》っていうのもある。うーん」

と、小林《こばやし》が首をひねる。

大木《おおき》は、その隣《となり》でニコニコしている。

「ねぇ、夢羽《むう》。どこだと思う？」

瑠香《るか》が聞くと、ジッとマップを見つめていた夢羽《むう》はつぶやいた。

「侍の銅像というのがあるんだな？」

「そ、そうだよ」

自分が聞かれたのかと思い、小林《こばやし》が驚《おどろ》いてうなずく。

すると、夢羽《むう》はスタスタと歩き出した。

「え？　ど、どうしたんだ？」

「どうしたの？　わかったの？　夢羽《むう》」

みんなあわててその後を追いかけていく。

夢羽《むう》は振《ふ》り返りもせずに言った。

「最初のポイントは『侍《さむらい》の銅像《どうぞう》』だ」

みんなわけもわからず、しかし、夢羽《むう》が言うのだから正解《せいかい》に違《ちが》いないだろうと走った。

「大木《おおき》くん、早く早く！」

瑠香《るか》が大声でハッパをかける。

大木《おおき》は、何を食べてるのかモゴモゴと口

を動かしながら、ハァハァと苦しそうに走ってくる。

彼《かれ》が背中《せなか》に担《かつ》いでいるリュックには、さぞかしたくさんのおやつが入っているんだろうなと元《げん》は思った。

途中《とちゅう》、あっちこっちでスタンプを探《さが》し回っている生徒たちの姿《すがた》があった。

「ねぇ、わたしたちもまだわからないでいるってふりをしようよ！　そうじゃないと、後、追いかけてこられちゃうよ」

瑠香《るか》がずるがしこい案を出し、みんなもそれに従《したが》った。

いかにもまだ探《さが》しているという顔をしつつ、着実に侍《さむらい》の銅像《どうぞう》のほうに近づいていった。

ポカポカとした日差しが元《げん》たちを優《やさ》しく見守っている。

高原の秋らしく、少しひんやりした風が吹《ふ》き抜《ぬ》けていくが、それも心地《ここち》いい。

空には、白いうろこ雲がぽわぽわと平和に浮《う》かんでいる。

しかし、その下では、容赦《ようしゃ》なきバトルが展開《てんかい》されていたのだった。

3

そこは、散策《さんさく》コースの一番北のほうに位置している。元《げん》たちの肩《かた》の高さほどの台座《だいざ》の上に、戦国時代《せんごくじだい》の侍《さむらい》が鎧兜《よろいかぶと》をつけ、刀を持ってポーズを取っていた。

昔、ここで戦《いくさ》があって、そこで立派《りっぱ》な戦いをしたという武士《ぶし》の像《ぞう》らしいのだが、あまりにも説明書きが汚《よご》れていてよく読めない。

雨風にさらされ、銅像《どうぞう》も真っ黒に変色していて、兜や鎧にはハトがフンをした跡《あと》があった。

「もしかして、これが『勇者の剣《つるぎ》』のつもりなのかな?」

元《げん》が言うと、

「だいぶイメージ違《ちが》うなぁ」

小林《こばやし》も苦笑した。

「で、問題のスタンプ、どこなんだ？」

「たぶん前を通っただけでは見つからないような場所だと思うけどな」

などと、ふたりで話していると、あたりを捜《さが》していた瑠香《るか》が「あったあった！」と騒《さわ》いだ。

銅像《どうぞう》の裏側《うらがわ》にスタンプと封筒《ふうとう》があったのだ。

封筒は、ちゃんと一班《ぱん》～十二班まで、各班ごとに用意されていた。もちろん、まだ誰《だれ》も取ってはいない。つまり、一番乗りということだ。

スタンプを押《お》して、封筒をゲット！

と、その時、河田《かわだ》、山田《やまだ》、島田《しまだ》の三人がそろって現《あらわ》れた。

「あ!!」

瑠香《るか》が大きな声を出す。

バカ田トリオの三人も「わわわ!?」とわざとらしく驚《おどろ》いた。

そして、「おい、そこにスタンプあるんだろ?」と走り寄《よ》ってきた。

「ない」とウソを言ってもすぐばれてしまうだろう。瑠香《るか》はむくれた顔で「ある」とも「ない」とも言わないでいた。

すると、すばしっこい島田《しまだ》が銅像《どうぞう》の裏《うら》に回りこんだ。

「おお! あったあった! 早いとこ、次行こうぜ、次!!」

彼《かれ》がスタンプを押《お》し、封筒《ふうとう》も取り、走ってどこかに行こうとした。そこに、ようやく久美《くみ》たちが到着《とうちゃく》したが、そんなことは知ったこっちゃないという感じだ。

もちろん、久美《くみ》もさやかもつまらなそうな顔。

あまりの態度《たいど》に、正義感《せいぎかん》の強い瑠香《るか》が島田《しまだ》たちに言った。

「ちょっとぉ、あんたたち。全部、班《はん》行動なんだからね! 先生《せんせい》もそう言ってたじゃない? 久美《くみ》ちゃんたちだって、オリエンテーリングを楽しむ権利《けんり》はあるはずよ。そうでしょ?」

しかし、島田《しまだ》たちはびっくりしたように顔を見合わせ、反対に食ってかかった。

「なんだよ。江口《えぐち》、おまえどうせそんなこと言って、オレたちを優勝《ゆうしょう》させないつもりだな？」

「そうだそうだ。水原《みずはら》だって久保《くぼ》だって、ちゃんと楽しんでるさ。楽しんでないって証《しょう》拠《こ》、どこにあるんだ？」

「よけいなこと言うな！」

瑠香《るか》のクルリンとカールした髪《かみ》がボッと逆立《さかだ》った。

「なんですってー!?」

と、つかみかかりそうになったのを小林《こばやし》と元《げん》とで必死に止めた。

「大木《おおき》、おまえも突《つ》っ立《た》ってないで、早く！」

元《げん》が叫《さけ》ぶと、大木《おおき》も瑠香《るか》の腕《うで》を取り、止めた。

「ええええぇい！　離《はな》せ離せぇ」

さすがの瑠香《るか》も男の子三人がかりで止められては、ジタバタするのが精一杯《せいいっぱい》だ。

「へへん！　ばっかじゃねーの？」

「ほら、行こうぜ」

「そこで一生わめいてな!」

バカ田トリオは悪態《あくたい》をつくと、さっさとどこかに行ってしまった。久美《くみ》とさやかは、

「瑠香《るか》ちゃん、ごめんね……」と言って、彼《かれ》らの後を追いかけていった。

「きぃー! くやしー! ちょ、ちょっとぉ、いつまでやってんの。早く離《はな》してよ」

瑠香《るか》はようやく元《げん》たちから解放《かいほう》され、ぜえぜえと肩《かた》で息をついた。

「でも、おっかしいな。なんで、やつらがわかったんだろ? こんなに早く」

元《げん》が不思議そうに言うと、瑠香《るか》もウンウンとうなずいた。

「そうだよ、そうだよ! 絶対《ぜったい》変!! わたしたちだってわかってないっていうのに。あ、でもさ。夢羽《むう》はどうしてここだってわかったわけ?」

小林《こばやし》も大木《おおき》も元《げん》も瑠香《るか》も。みんなが夢羽《むう》に注目した。

彼女《かのじょ》は、ちょっと首を傾《かし》げると、

「『ニシムク』って言葉で何か思い当たらない?」

と言った。

元《げん》たちは首をひねる。

「そっか。今の子は知らないか」

小柄《こがら》な夢羽《むう》がサラっと言う。

今の子って……夢羽《むう》だって十分、今の子じゃないか!!

と、反論《はんろん》したいところだが、もしかしたら、未来の子って感じもする。マジでする。

だから、元《げん》は何も言えなかった。

他のみんなもそうだったかわからないが、やっぱり首をひねったままだ。

「小の月の覚え方で、昔は『ニシムクサムライ、小の月』と覚えたらしいよ」

夢羽《むう》が言うと、小林《こばやし》が「あっ!」と顔を上げた。

「前に子供《こども》番組でやってたことがある。三十一日じゃなく、三十日とか二十八日しかない月のことだろ? 小の月って」

「そう」

夢羽《むう》がニコっと笑う。小林《こばやし》は思わず顔を赤くした。

それを見て、(なんだ、この雰囲気《ふんいき》は!)とおもしろくないのが元《げん》だ。

まぁ、でも、今はそんなこと言ってる場合じゃない。早いとこ、自分も理解《りかい》しなくっちゃ。

「つまり、二月、四月、六月、九月、十一月が二十八日、または三十日しかない月だから、これを小の月って言ったんだって。その覚え方が、ニ、シ、ム、ク……あ、でも、なんで十一月だけ『サムライ』なんだ？」

小林《こばやし》が説明の途中《とちゅう》で夢羽《むう》に聞いた。

すると、夢羽《むう》は空中に文字のようなものを書き始めた。

なんだなんだ？　と、みんなで見る。

彼女《かのじょ》はもう一度字を書きながら言った。

「十一って字を続けて書くと、士とも読めるだろ？　武士《ぶし》とかの士。だから、サムライと語呂《ごろ》合わせで使ったそうだ」

「あぁぁ、なるほどー！　じゃ、にんべんに寺の『侍《さむらい》』じゃないんだ？」

小林《こばやし》が感心して言うと、夢羽《むう》はゆっくりうなずいた。

ううう。

なんだかやっぱり、だんぜん元《げん》としてはおもしろくない。

小林《こばやし》の役は、いつも自分だったはずなのに。でも、男同士のヤキモチなんてみっともないしな。仮《かり》にも班長《はんちょう》なんだから、ここは余裕《よゆう》を見せなくてはいけない。

元《げん》は思い直して、無理に笑顔《えがお》を作った。

「そっか、それでこの侍《さむらい》の銅像《どうぞう》がわかったたってわけか」

「でもさ。だったら、なおさら、あのバカ田トリオたちがわかったっていうのが変だよ」

と、瑠香《るか》が言った時、次から次へと他《ほか》の班《はん》の子供《こども》たちがやってきた。

「あ、ここだここだ!!」

「あ、瑠香《るか》ちゃん、あったぁ??」

瑠香《るか》と仲良しの高橋冴子《たかはしさえこ》もふたつ結びの髪《かみ》をゆらしてやってきた。

「あ、冴《さえ》ちゃん。ねぇ、なんでわかったの？」

「え？　あ、ああ、プー先生にヒントもらったんだ。『ドーゾーへどーぞ！』だって。くっだんない！　あははは、だからすぐわかっちゃった」

「なんだ、そりゃ！」

「その前は水谷《みずたに》先生がヒントくれたんだけどね。『西、向く人』なんて言って。わけわかんないでしょお？」

「…………………」

元《げん》たちはまた顔を見合わせた。

そうか。いろんなところに先生がいて、いろんなヒントを出してくれるのか。

だから、むずかしいヒントもあれば、プー先生のような簡単《かんたん》なヒントもあったりするのだ。

たしかに、そうじゃなきゃ、「西、向く人」でわかる子供《こども》なんて、夢羽《むう》くらいなもんだ。ということは、やはりバカ田トリオもあれから他のヒントを聞いてきたのかもしれない。

元《げん》たちはそういう話をしつつ、次のヒントを見たのである。

4

第《だい》二のヒント　〈②のスタンプ〉

「んん……？　なんだ、これ」

「これ、『田』だよね？」

「さぁ、もしかすると四角が四つなのかも」

またまた頭を寄《よ》せ合って考える。

大木《おおき》だけは、ちょっと離《はな》れた場所で、にこにこしながらまだボリボリやっている。

「どう？　夢羽《むう》、小林《こばやし》くん！」

瑠香《るか》が聞く。

なぜ「どう？　元《げん》くん」と聞かないのか、そこが頭にくるところだが、しかたない。

ここはジっと我慢《がまん》の子だ。

夢羽《むう》も「これだけじゃまだわからないな」と言った。

小林《こばやし》も「そうだね」と同じようにうなずいた。

「じゃ、ここにいたってしかたない。他のみんなに先を越《こ》されちゃうよ。先生、見つけ

てヒント、ヒント!!」

瑠香《るか》はそう言うと、先頭切って走り出した。

「やれやれ。あの元気はどこから来るんだ」

元《げん》が言うと、小林《こばやし》が苦笑した。

「待ってくれよぉ」

その後を追いかけ、大木《おおき》がドタドタと走ろうとしたのだが、彼《かれ》のリュックからボロっとお菓子《かし》がこぼれ落ちた。

「あわわわ」

あわてて振《ふ》り返り、拾いに戻《もど》る。

その時、大木《おおき》は変なものを見た。

さっきの侍《さむらい》の銅像《どうぞう》。他の生徒たちは誰《だれ》もいなかったはずなのに、銅像が置かれている台座《だいざ》に、ヒョイと人の手がかけられていたのだ。

白い……子供《こども》の手のような。

ん？　誰《だれ》かいるのかな？

大木《おおき》は単純《たんじゅん》にそう思った。

それにしても、なぜあんなところに隠《かく》れてるんだろう⁇

少し不思議だったが、元《げん》から、「おーい、大木《おおき》！　急げ。置いてくぞー！」と急《せ》かされ、それ以上追及《ついきゅう》もせず、その場を後にした。

そして、そのまま忘《わす》れてしまったのである。


次に見つけたのは三枝《さえぐさ》校長だった。髪《かみ》をきれいに内巻《うちま》きにして、いつも紺色《こんいろ》のスーツを着ているが、今日《きょう》は違《ちが》う。紺色のズボンに、白いポロシャツ。しかも、ポロシャツをズボンのなかにキチンと入れるという……どうやったらそんなに地味な服装《ふくそう》が考えつくんだろう？　と思うほど、平凡《へいぼん》で地味な服を着ていた。今時、誰《だれ》も着ないだろうというファッションセンスで、逆《ぎゃく》に目立ってしまうほどだ。

でも、すごくいい先生で、生徒たちの名前をみんな覚えている。毎朝、校門に立って生徒たちひとりひとりの名前を呼《よ》び、「元《げん》くん、おはよう！」「瑠香《るか》ちゃん、おはよう！」と挨拶《あいさつ》をしてくれる。

担任《たんにん》だって、最初の頃《ころ》はなかなかクラス全員の名前を覚えないというのに。

まぁ、元《げん》たちのことを子供扱《こどもあつか》いするところがあって、それがいやだという生徒もいた。

その時も、元《げん》たちを見つけると、目尻《めじり》にシワをいっぱい作って手を振《ふ》った。

「元《げん》くん、瑠香《るか》ちゃん、そんなに走っちゃだめよ。転んだらどうするの？」

はぁぁ。

この校長先生にかかると、元《げん》たちも一年生扱《あつか》いだ。

「先生、ヒントください！」

ハァハァと息をつきながら、瑠香《るか》が言うと、校長はニコニコ笑った。

「はい、いいですよ。先生、本気出しちゃうわよー。じゃ、誰《だれ》がジャンケンするの？」

「今度は小林《こばやし》くん、あなたジャンケンしてよ」

カゲの班長《はんちょう》、瑠香《るか》の命令で小林《こばやし》が前に出た。

「じゃ、行くわよ。最初は、グー！」

校長のうれしそうな声が森のなかで響《ひび》く。

出したのはパー。

小林《こばやし》はグー。

負けてしまったのだ。

「なぁーんだあぁ。んもー！」

瑠香《るか》がとたんに不機嫌《ふきげん》になる。

「ごめん！」

小林《こばやし》は素直《すなお》に謝《あやま》った。

「うっふふふ。先生、勝っちゃった。ごめんね！」

校長は大喜びだ。

結局、ヒントは何ももらえなかった。

「ごめんねー、でも、これ、決まりなのよぉー！」

と、校長はしきりに謝っていた。

「次の先生見つけるしかないね！　いいよいいよ、さっさと行こう！」

だだだっと走っていく瑠香《るか》。

それを追いかける元《げん》たち。

侍《さむらい》の銅像《どうぞう》があったところから南へ小道をまっすぐ行ったところで、彼らは池にぶつかった。マップによれば、アヒル池となっている。

たしかに、白いアヒルがのんびりぷかぷか浮《う》いていた。

小さな桟橋《さんばし》もあって、その上にも何羽かアヒルがいて、昼寝《ひるね》中《ちゅう》だった。

池には、落ち葉が落ちていて、アメンボもいる。

そこに丸太橋がかかっていた。

といっても、丸太が一本渡《わた》してあるわけではなく、丸太を何本も組み合わせて作った丈夫《じょうぶ》な橋である。

瑠香《るか》がピョンピョンと飛ぶように渡《わた》っていく。

その後ろを小林《こばやし》と夢羽《むう》が、そして最後《さいご》に元《げん》と大木《おおき》。

ようやく追いついた大木《おおき》を元《げん》が待っていたのだ。

「ふうふう、はぁはぁ」

巨体《きょたい》をゆらして走ってきた大木《おおき》を迎《むか》えた元《げん》は、丸太橋を渡ろうとして、「あっ」とつぶやいた。

閃《ひらめ》いたのだ!!

「わかったぁあぁあ!!」

先に橋を渡《わた》っていた瑠香《るか》たちが、いっせいに元《げん》を見た。

彼は得意《とくい》そうに鼻の頭をこすった。

「わかった、わかった！　だからさー、これは……」

と、大きな声で言いかけた時、瑠香《るか》が「ストップ！」と言った。

「え？」

「元《げん》くん、こっちに来てから言って。誰《だれ》がどこでスパイしてるか、わかんないでしょ？」

「あ、ああ……そっかそっか」

元《げん》はぽりぽりと頭をかき、走った。大木《おおき》も後をついてくる。

「で？　なに、わかったわけ？」

偉《えら》そうに瑠香《るか》が聞く。

元《げん》はウンウンとうなずいた。

「次は、ここだよ」

「ここって?」

「だから、ここ。丸太橋。ほら、このヒント……」

と、元《げん》が言いかけると、小林《こばやし》も「あ!!」と声をあげた。

「そっか。紙のハシっこに、○に田か」

「そうそう!」

元《げん》がうれしそうにうなずくと、丸太橋のたもとの近くを見ていた夢羽《むう》が指さした。

「あった……」

それは小さな木の立て看板《かんばん》で、「白鳥橋《しらとりばし》」と書いてあった。

しかし、この時も、島田《しまだ》がどこからともなく現《あらわ》れ、ダッダッダッと走ってきた。

そして、

「やった。おい、スタンプ、あったぞー!!」

と、まるで自分だけが見つけたように言ったのだった。

5

「ちょ、ちょっとぉ。何よ、わたしたちのほうが先だったんだからね！　あんたたち、どーせわたしたちの後つけてたんでしょ!!」

瑠香《るか》が猛然《もうぜん》と抗議《こうぎ》する。

でも、島田《しまだ》はどこ吹《ふ》く風。

「は？　何のこと？　意味ふめぇ——！」

「な、なんですって——!?」

またまたつかみかかろうとする瑠香《るか》を元《げん》たち男三人で必死に止める。

そうこうしている間に、バカ田トリオが全員集合。

立て看板《かんばん》の後ろにあったスタンプを押《お》し始めた。もちろん、次のヒントの入った封筒《ふうとう》もゲット。

「やりぃ！　どれどれ？　次はどこだぁぁ？」

と、走っていこうとしたのだ。

その時、さやかが青い顔をした久美《くみ》を連れてやってきた。

彼女《かのじょ》たちをチラっと見て、

「おい、早くしろー。次だ、次！」

と、偉《えら》そうに河田《かわだ》が言った。

すると、さやかは手を大きく振《ふ》った。

「ねー、ちょっと待って。久美《くみ》ちゃん、お腹痛《なかいた》くなったって」

とたんに、河田《かわだ》たちの大ブーイングが起こった。

「えええええー？　なんだよ、それ」

「またかよ！」

「聞いてねぇーよ」

さやかは辛《つら》そうな久美《くみ》を支《ささ》えて、ぷくーっとふくれっ面《つら》をした。

「わたしだって知らないよぉ。でも、ほんとに辛《つら》そうなんだもん。一回、宿舎《しゅくしゃ》にもどったほうがいいと思う」

「ちぇ、なんだよ。じゃあ、わかった。おまえらだけもどれ」

「そうだそうだ」

「じゃないと、優勝《ゆうしょう》なんかできっこねえじゃん」

彼《かれ》らの話を聞いていた瑠香《るか》は、彼女《かのじょ》を押《お》さえていた男子三人を振《ふ》りほどき、ダッシュした。

「わぁぁ！」

と、三人はひっくり返った。

「何言ってんのよ！　どんな時も班行動《はんこうどう》っていうのが移動教室《いどうきょうしつ》のルールでしょ？　それに、班長のあんたが責任《せきにん》持って久美《くみ》ちゃんを送ってってあげなきゃダメじゃない!?」

すごい剣幕《けんまく》で、河田《かわだ》にまくしたてる。

「いいよ。もし、あんたたちが久美《くみ》ちゃんほっといて、オリエンテーリング続けるって言うなら、わたし、先生に言いつけるからね」

河田《かわだ》は、「うっ」と詰《つ》まった。

たしかに、瑠香《るか》の言ってることは間違《まちが》っていない。

それに、本当に言いつけられたりしたら、優勝《ゆうしょう》は絶対《ぜったい》になくなる。もしかすると、今日《きょう》の晩御《ばんご》飯《はん》も抜《ぬ》きになる。

「ちぇ、わかったよ。宿舎《しゅくしゃ》に連れていきゃいいんだろ」

河田《かわだ》が口をとがらせて言う。

とたんに山田《やまだ》も島田《しまだ》も、がっくりと肩《かた》を落とした。

さやかに付き添《そ》われた久美《くみ》は、ほとんど半泣き状態《じょうたい》。

「ほら、行くぞ」

河田《かわだ》に言われ、全員がトボトボと宿舎《しゅくしゃ》のほうに向かって歩いていく。

その後ろ姿《すがた》を見送っていた瑠香《るか》が声をかけた。

「いいわよ。ほら!!」

班長《はんちょう》の河田《かわだ》が「へ?」と振《ふ》り向いた。

瑠香《るか》は左手を腰《こし》に、右手をぐいと突《つ》き出《だ》して言った。

「スタンプ帳、貸《か》しなさいよ。わたしたちが代わりに押《お》しといてあげる。あんたたちがもどってくるまでの間だけどさ」

やっと意味がわかった河田《かわだ》は、ニヤニヤ笑いながらもどってきた。

そして、

「へへへ、悪いな！」

と、自分のスタンプ帳を瑠香《るか》に渡《わた》した。

元《げん》は「へぇー！」と感心した。

あれだけ敵《てき》がい心《しん》燃やしてたのに、こういうところは男らしいっていうか、なんていうか。

ま、瑠香《るか》は女だからそんなこと言うと怒《おこ》るだろうけど。

でも、なかなかかっこいいじゃないか。

6

第《だい》三のヒント　〈③のスタンプ〉

「これは暗号だな」

と、小林《こばやし》。

暗号となれば、元《げん》の出番だ!!　と、張《は》り切ってみたものの。

まったくわからない。

最初は太陽？　次はマンジだ。たしか寺のマーク。次は口で、数字の10……。

うーむうーむ……。

しきりに首をひねっていたら、今度は小林《こばやし》が「わかったぁあ!!」と声をあげた。

「すごい。次のヒントもなしに解《と》けたの⁇　さっすがあ」

瑠香《るか》が誉《ほ》める。

おいおい、それ言ったら、さっきの丸太橋《まるたばし》だって、ノーヒントなんですけど。

元《げん》は瑠香《るか》を恨《うら》みがましく見た。

もちろん、そんな視線《しせん》など、気にしてる瑠香《るか》ではない。

「で、なになに？」

と、小林《こばやし》をせっついた。

「うん。だからね……」

小林《こばやし》は、ノートを取り出して書いてみせた。

「『太陽』っていうのは……『日』だ。で、『卍《まんじ》』は『寺』、『口』は『言う』ってことで、『10』は『十』……」

ここまで見れば、元《げん》もわかった。

黙《だま》っているが、きっと夢羽《むう》もわかっているんだろう。

「『時計《とけい》』ってことだな？　ということは、次の『ム』と『口』は、『台』か」

元《げん》が言うと、瑠香《るか》も手を叩《たた》いた。

「『時計台』だぁぁ！」

みんなで今度は時計台を目指して、わっせわっせと走った。

あっちこっちで、生徒たちが右へ左へと走っている。

生徒たちじゃない、ただの観光客もチラホラ歩いていて、いったい何事だろうと楽しそうに見ていたりする。

時計台《とけいだい》は、丸太橋の西にあった。

青いペンキで塗《ぬ》られた台があり、大きな時計が付いている。

時計台の周りには花や鳥の模様《もよう》が彫《ほ》りこまれた木製《もくせい》のベンチが置かれてあった。

そのベンチの裏側《うらがわ》に、スタンプとヒントの入った封筒《ふうとう》があったのだ。

「やった！　また一番乗りだよ」

瑠香《るか》が大喜びする。

そして、自分たちの分とバカ田トリオたちの班《はん》の分にもスタンプを押《お》した。

「そりゃそうだよ。だって、オレたちだけじゃない？　先生のヒントなしで二問、正解《せいかい》したのは」

元《げん》は「二問」というところを強調して言った。

「でも、気を抜《ぬ》いちゃだめだからね！　さ、次、次！」

瑠香《るか》はそう言うと、早速《さっそく》封筒を開けた。

第四《だい》のヒント　〈④のスタンプ〉

はちざおえおねそおあていおよまゆ

「なんなの、これぇ」

瑠香《るか》は、がっかりした声をあげた。

内心、そろそろ自分も解《と》いてみたいと思っていたからだ。

これじゃ雪だるまだ。つまり、手も足も出ない。

反対から読むのかとも思ったが、「ゆまよおいてあおそねおえおざちは」って。だいたい「お」って、なんなんだ。

元《げん》も小林《こばやし》も首をしきりにひねっている。

ようやく少し休憩《きゅうけい》できそうだと、大木《おおき》だけはうれしそうにベンチに腰《こし》かけ、早速《さっそく》リュッ

クをゴソゴソやり始めた。

その時、少し離《はな》れた休憩《きゅうけい》小屋の前で、プー先生が座《すわ》っているのが見えた。

「あ、プー先生があんなところで休憩してるよ」

大木《おおき》の言葉に、元《げん》と瑠香《るか》は走り出した。

「ほんとだ。プー先生、ヒント!!」

「うはは、見つかったか！」

先生は缶《かん》コーヒーを飲みながら、休憩しているところだった。

早速《さっそく》、ジャンケン勝負である。

今度は瑠香《るか》がジャンケンしたが、見事、一発で勝てた。

「やった!!　先生、早く、ヒントヒント!!」

と、大騒《おおさわ》ぎ。

「んーと、なんだっけ……」

プー先生は、しきりと頭をかきながら言った。

「お、そうだ。『ドーゾーへどーぞ！』……」

瑠香《るか》は、眉《まゆ》をギュッと寄《よ》せて首を左右に振《ふ》った。ふたつ結びの髪《かみ》が、バシッバシッとのぞきこんでいた元《げん》の頬《ほお》に当たる。

「い、いて！」

「先生！　それはもう終わったの。時計台《とけいだい》の次だよ。えーっと四番目のヒント！　早く、早く!!」

「あ、ああ、ちょ、ちょっと待ってくれ」

プー先生は、ポケットからゴソゴソとメモを取り出し、近づけたり遠ざけたりして、ようやくヒントを見つけ出した。

「ああ、えっと……四番目だな。お、これだこれ……『一歩、先を読め』だ」

「それだけ？」

「うん、それだけだよ」

プー先生はそう言うと、にやにや笑い、またどっかり腰《こし》を下ろした。

「元《げん》くん、わかる？」

「うーん、いや、わからない……」

「ま、いいや。夢羽《むう》たちに教えようよ！」

「そうだな」

元《げん》と瑠香《るか》のふたりは、まだ時計台《とけいだい》の前にいる夢羽《むう》たちのほうに走ってもどっていった。

7

「どう？　次のヒント、もらえた？」

小林《こばやし》に聞かれ、

「ああ、もらったもらった！」

と、元《げん》。

しかし、彼《かれ》らの話も聞かず、夢羽《むう》はあごに指をあて、目を細めてヒントの文字をジッと見ていた。

「もしかして……夢羽《むう》、わかったの？」

瑠香《るか》が聞くと、夢羽《むう》はうなずいた。

「たぶん……」

「うっそお!!　ほんとに⁇」

瑠香《るか》は大げさに叫《さけ》んだ。

元《げん》も小林《こばやし》もびっくりして目を丸くする。

「プー先生のヒントなしでわかったってこと？」

瑠香《るか》が聞く。

「ヒントって、もしかして……『ひとつ先を読め』とかそう言うの？」

反対《はんたい》に夢羽《むう》に聞かれ、ますます瑠香《るか》たちは驚《おどろ》いた。

「そ、そうだよ。『一歩、先を読め』だって」

「なんでわかったの？」

ますます彼女《かのじょ》が未来の子供《こども》に見えてくる。

「羊《ひつじ》が丘《おか》っていうところに高い塔《とう》があるらしい」

夢羽《むう》に言われ、元《げん》はあわててマップを確《たし》かめた。

指先でたどり、「羊《ひつじ》が丘《おか》、羊《ひつじ》が丘《おか》……」と探《さが》していったが、一番上のほうで指が止まった。

「あったあった！　本当だ。羊《ひつじ》が丘《おか》、ここだろ？　真ん中にあるこの丸いのは塔《とう》じゃないのかな？」

びっくりしているみんなを見て、夢羽《むう》は言った。

「その塔から見ろってさ」

「そんなの、どこに書いてあるんだ⁇」

元《げん》が聞くと、夢羽《むう》が答えた。

「ポイントは、この『お』っていう字だ。こんな字はないはずだから、きっとこれはそのまま読むのではないというのがわかる。だったら、何か別の法則《ほうそく》で読むはずだ。一番簡単《かんたん》なのは、『あいうえお』の次の字を読んでいくというやつ。つまり、『あ』と書いてあったら『い』だし、『す』だったら『せ』だし」

そこまで聞くと、小林《こばやし》が「あ、わかった！」と目を輝《かがや》かせた。

そして、「ふむふむふむ……」と言いながら、ヒントを見返してパッと顔を上げた。

「すごい。本当だ。茜崎《あかねざき》って、本当にすごいな。言われてみれば、なんだって思うけど、そこに気づくかどうかってところだよな。しかも、次のヒントなしでわかったなんて」

でも、次のヒントも聞いてきて、さらに答えまで教えてもらってるというのに、元《げん》も瑠香《るか》もまだピンとこない。

そんなふたりを見て、小林《こばやし》が説明した。

「だからさ。『は』の次は『ひ』だろ？　『ち』の次は『つ』だし、『ざ』の次は『じ』」

そこまで聞いて、ようやく元《げん》がわかった。

「そっかそっか！　だから、『お』の次は、か行に移《うつ》って『が』なんだ。で、『え』は『お』で、『お』は『か』だから、つまり、『ひつじがおか』なんだな」

すると、やっと瑠香《るか》もわかった。

彼女《かのじょ》も目を輝《かがや》かせて、ヒントの文字を一字、一字指を折って考えながら読んでいった。

「ひ、つ、じ……がおか……の、た、か、い……と、う、から……み、よ!!　『羊《ひつじ》が丘《おか》の高い塔《とう》から見よ』!!」

たしかに言われてみれば、なーんだ！　っていう暗号文だ。
でも、そんなの言われてみなければわからない。
まだひとりでモゴモゴやってる大木《おおき》に元《げん》が言った。

「おーい、出発だ!!」
大木《おおき》は、もうちょっと座《すわ》っていたかったという顔をしたが、しかたなくリュックを背負《せお》い、立ち上がった。

8

羊《ひつじ》が丘《おか》というのは、侍《さむらい》の銅像《どうぞう》があったところとスタート地点の中間くらいをさらに北に行ったところだ。小高い丘になっているらしく、途中《とちゅう》から上り坂になっている。

そのちょうど道の分かれ目のところで、バカ田トリオがもどってくるのが見えた。

「あ！　おまえら!!」

彼《かれ》らはすごいスピードで走ってきた。

女の子たちの姿《すがた》はない。

「久美《くみ》ちゃん、どうしたの？」

瑠香《るか》が聞くと、河田《かわだ》が口をとがらせて言った。

「ちゃんと宿舎《しゅくしゃ》にもどって、先生に事情《じじょう》説明したぞ。そしたら、男子だけもどっていいって。本当だぞ！」

「誰《だれ》もウソだとは言ってないでしょ。久保《くぼ》さやかはどうしたの？」

「ふん、あいつは水原《みずはら》についていてやるんだとか言って、ちゃっかりテレビ見てた。んなことより、どうしたんだよ。次のスタンプ、わかったのか？」

「うん、わかったよ。あ、これ」

瑠香《るか》は預《あず》かっていたスタンプ帳を出し、河田《かわだ》に渡《わた》した。

「ちゃんと押《お》してあるでしょ。③まで。感謝《かんしゃ》しなさい！」

「はいはい。感謝《かんしゃ》、感謝！　で、次はどこだよ」

ちっとも心がこもっていない言い方だったが、瑠香《るか》は「しかたないなぁ」と、教えてやった。

すると、マップをチェックしていた山田《やまだ》と島田《しまだ》が「おい、羊《ひつじ》が丘《おか》の塔《とう》っていったら、こっちだこっち！」と、上り坂の道を走り出した。

「待て！　オレも行く!!」

河田《かわだ》は瑠香《るか》の肩《かた》をドンと突《つ》き飛ばし、ふたりの後を追いかけ、走っていってしまった。

「な、な、なによぉおぉおおおお!!」

またまた瑠香《るか》の髪《かみ》が逆立《さかだ》つ。

すごいスピードで彼《かれ》らの後を追いかけ、走り出した。

考えてみれば、彼女《かのじょ》は一年生の頃《ころ》からずっとリレーの選手だ。しかし、島田《しまだ》だってずっとアンカーか、一番手だ。河田《かわだ》や山田《やまだ》だって速いほうだ。

抜《ぬ》きつ抜かれつ、その戦いは続いた。

元《げん》も小林《こばやし》もダッシュで追いかけようとして、立ち止まった。

大木《おおき》や夢羽《むう》のことがあったからだ。

夢羽《むう》は、涼《すず》しげな顔で小走りにやってきていたから問題ないとして、大木《おおき》はまだ坂道の途中《とちゅう》でふうふう言っている。

「大木《おおき》！　がんばれ!!」

と、声はかけたが、

「何してんの!?　早く早く!!」

という瑠香《るか》の声に、結局は大木《おおき》を置き去りにしてしまった。


塔《とう》のなかはガランとしていて、てっぺんまで吹《ふ》き抜《ぬ》けだ。真ん中に、下りる人用と上る人用のラセン階段《かいだん》がふたつついている。足下の部分が網《あみ》になった壁一枚《かべいちまい》で仕切られていて、途中《とちゅう》ですれ違《ちが》わなくてもすむようになっていたのだ。

上りのラセン階段《かいだん》を、瑠香《るか》がドカドカと大きな足音をたてて上っていく。

その後を追いかけて上ろうとした時、夢羽《むう》に呼《よ》び止められた。

「班《はん》行動じゃなかったのか？」

クールビューティーな顔で、そう言われ、元《げん》と小林《こばやし》は立ち止まった。

夢羽《むう》は後から汗《あせ》をかきつつ、えっちらおっちらやってくる大木《おおき》のことを言っているのだ。

「でも……」

元《げん》たちは塔《とう》を見上げた。

「わかったぜ！　あれだあれだ」

「ちょっと待ちなさいよ！」

「へっへぇーん！」

「んも――!!」

「行こうぜ、行こうぜ!!」

と、バカ田トリオや瑠香《るか》の声がガンガン響《ひび》く。

元《げん》と小林《こばやし》は「いったいどうしたらいいものか……」と少しだけ悩《なや》んだが、すぐうなずき合った。

夢羽《むう》の言う通りだ。

上りかけていたラセン階段《かいだん》を下り、塔《とう》の外へ出た。

ようやく姿《すがた》が見えるところまで坂道を上ってきていた大木《おおき》に手を振《ふ》る。

「大木《おおき》！　がんばれ!!」

「そうだ、もうすぐもうすぐ！」

ふたりは大木《おおき》のほうに走っていった。

そして、ふたりして後ろに回《まわ》り、ヨイショヨイショとリュックを押《お》してやったのだ。

大木《おおき》はタオルで汗《あせ》を拭《ふ》きながら、赤い顔でハァハァと息も絶《た》え絶えだ。

塔の下には夢羽《むう》が立っていたが、なんと彼女《かのじょ》が大木《おおき》のリュックを持つと言い出した。

「いや、茜崎《あかねざき》にそんなことはさせられないよ。だって、大木《おおき》のリュック、すっごく重いんだから。いいよ、オレが持つ！」

元《げん》はあわてて言った。

しかし、そんなこと言うんじゃなかったとすぐに後悔《こうかい》した。

何が入っているのか……ずっしり肩《かた》に食いこむ。

まさか缶詰《かんづめ》なんてのは入ってないよなぁ？

大木《おおき》を先頭にして、そのお尻《しり》を小林《こばやし》が押《お》しながら上る。次に元《げん》もフウフウ言いつつ、上り始めた。一番最後は夢羽《むう》。なんと元《げん》が担《かつ》いだ大木《おおき》のリュックを下から押《お》してくれるのだ。彼女《かのじょ》にしては珍《めずら》しく汗《あせ》までかいて。

肩《かた》は痛《いた》かったが、元《げん》はうれしくてしかたなかった。

いつも何を考えているかわからない夢羽《むう》。

もしかすると、元《げん》や瑠香《るか》たちのことなんて、子供《こども》だなぁとバカにしてるんじゃないかと思うこともある。

それだけ精神年齢《せいしんねんれい》が違《ちが》う彼女《かのじょ》なのに、こうしていっしょに汗《あせ》を流してくれる。

よくわからないけど、とにかくめちゃくちゃうれしかったのである。

9

塔《とう》の上からは三六〇度、周りが見渡《みわた》せるようになっていた。

日差しはまぶしかったが、秋風が心地《ここち》いい。汗《あせ》をかいた首や顔をスーっと涼《すず》しくしてくれる。

一番上まで上った元《げん》たちを、瑠香《るか》は厳《きび》しい表情《ひょうじょう》で迎《むか》えた。

とはいえ、事情はわかっていたんだろう。元《げん》たちや大木《おおき》に文句《もんく》を言うことはなかった。

文句の矛先《ほこさき》は、当然バカ田トリオたちである。

「ほら、あれ見て」

瑠香《るか》が指さす。

どれどれとみんなで見下ろす。

こんもりと茂《しげ》った木々に囲まれた芝生《しばふ》。その真んなかに赤い旗が立っていた。

白い字で『ゴール』と書いてあり、隣《となり》には先生らしき人。きっとめぐみ先生だろう。

島田《しまだ》たちは、とっくの昔に塔《とう》を下りていて、さっさとゴール目指して走っていた。そのようすもバッチリ見える。

「ったく。恩知《おんし》らずなんだから！ あんなやつら、いくら逃《に》がしてやっても、絶対《ぜったい》恩返しに来たりしないよね」

……って、それ、ツルの恩返しの話なんだろうか？

元《げん》が怪訝《けげん》そうな顔で瑠香《るか》を見る。

彼女《かのじょ》は元《げん》のことなど見もせず、頭から湯気を出して、顔も真《ま》っ赤《か》にして怒《おこ》っている。

それも無理ないとは思うが、元《げん》たちに優勝《ゆうしょう》を譲《ゆず》ってくれるようなバカ田トリオでないことも事実だ。

「しかたないよ。とりあえず二位を目指そう」

元《げん》はそう言うと、スタンプ帳にスタンプを押《お》した。

そこにはもうヒントの封筒《ふうとう》はなく、『周りを見て、ゴールを探《さが》せ』とだけ書いた紙がスタンプと一緒《いっしょ》に置いてあった。

しかし、瑠香《るか》はプルプルと首を振《ふ》った。

「最後まであきらめちゃダメだ。まだ逆転《ぎゃくてん》のチャンスはあるかもしれないし。さあ、出発、出発!!」

みんなの重い腰《こし》を上げさせ、さっさと自分は下り階段《かいだん》を下り始めた。

その不屈《ふくつ》の精神力《せいしんりょく》!

やっぱり彼女《かのじょ》が一番男らしい。彼女こそ、リーダーにふさわしい人物だ。

元《げん》は尊敬《そんけい》のまなざしでその後ろ姿《すがた》を見送った後、振《ふ》り返った。

「ほら、行くぞ、大木《おおき》」

「ふわぁぁ」

へたばっていた大木《おおき》を小林《こばやし》とふたりがかりで引《ひ》っ張《ぱ》り上げ、上ったばかりの塔《とう》を下りる。

今度は、夢羽《むう》、大木《おおき》、小林《こばやし》、そして元《げん》の順番だ。

その時、たったひとり、子供《こども》がトントンと上り用の階段《かいだん》を上ってきた。元《げん》たちは、その子とすれ違《ちが》ったのだが、足下しか見えなかったので、それが誰《だれ》なのかわからなかった。男か女かも。ただ、子供の靴《くつ》だった気がする。

なんとなくおかしいなと思って、元《げん》は小林《こばやし》を見た。

彼《かれ》も同じように感じたらしく、肩《かた》をすくめてみせた。

「誰《だれ》か、ひとりだけ先に上ってきたんじゃないか？」

小林《こばやし》が言う。

「そうだな。ん、きっとそうだ」

元《げん》は答えながら、なぜか背筋《せすじ》がゾワっとなってしまった。

もしかして、今、この階段を引き返した時……誰もいなかったらどうしよう！　と、怖《こわ》いことを想像《そうぞう》してしまったからだ。

すぐ隣《となり》を上っていった子供がいて、下り階段には今自分たちがいる。つまり、まだ下りてない。なのに、誰もいない……なんてことが。

立ち止まってそんなことを考えてたもんだから、ふと気づくと、塔《とう》には自分ひとり（もしくは、塔《とう》の上の誰《だれ》かとふたり）になってしまっていた。

ひゅううううう……。


急に風の音がした。

元《げん》は怖《こわ》くて怖くて、思わず目をギュッとつぶって走り出した。

「どうしたんだ？」

真《ま》っ青《さお》な顔で塔から飛び出してきた元《げん》を小林《こばやし》が不思議そうに見る。

「い、いや、なんでもない。それより茜崎《あかねざき》は？」

「ああ、江口《えぐち》と先に行ったよ。追いかけようぜ」

「わかった……」

大木《おおき》を引っ張《ぱ》って、元《げん》と小林《こばやし》もゴール目指して走り出した。

元《げん》は走りながら、塔を振《ふ》り返りたい気持ちと戦っていた。

振り返ったりしたら、すごく怖《こわ》いものを見るんじゃないか。見たこともない子供《こども》がこっ

ちをジーっと見てたらどうしよう……とか。
だって、それって……。どう考えてもアレじゃないか!!
そう。座敷童《ざしきわらし》である。

10

ゴールには、めぐみ先生が待っていた。

やっぱり一位はバカ田トリオたちだ。元《げん》たちは二位。

瑠香《るか》はがっかりしているようで、芝生《しばふ》の上に座《すわ》りこんでいた。夢羽《むう》はその横に立っていた。ふうふう言いながらやってきた元《げん》たちは、到着《とうちゃく》するなり、ものも言わずに芝生の上にひっくり返った。

そんな彼《かれ》らを見て、めぐみ先生が河田《かわだ》に聞いた。

「はい、じゃあ班長《はんちょう》の河田《かわだ》くん。最終チェックよ。先生の質問《しつもん》に答えてください」

「え⁉」

「優勝《ゆうしょう》賞品は何⁉」としつこく聞いていた彼《かれ》らの動きがぴたっと止まった。

めぐみ先生はにっこり笑って言った。

「だって、優勝者ともなれば、ちゃんと自分たちの力でスタンプの場所を見つけたのか、チェックは必要でしょう？　まぁね。あなたたちがズルをしたとかそんなことは思ってないけど。じゃあ、河田《かわだ》くん、最初のヒント『勇者の剣《つるぎ》』は、どこでしたか？　それから、どうしてそう思ったの？」

とたんに、河田《かわだ》は「やべっ！」という顔になった。

照れ隠《かく》しで笑いながら、島田《しまだ》たちを見る。

「なぁ、えーっとなんだったっけ？」

しかし、そんな質問に答えられるはずがない。

そのようすを見て、瑠香《るか》はがぜん元気が出てきた。

「やっぱりねー‼　あんたたち、わたしたちの後をつけてきただけだもんね。ヒントの謎解《なぞと》きなんてひとつもやってないでしょ！」

右手を突《つ》き出《だ》し、河田《かわだ》たちを指さした。

「う、ううぅ……！」

「ち、ちがわい。ちょ、ちょっとド忘《わす》れしただけだろ！」

「そだそだ！」

口をとがらせ、ブーブー言う三人。

「じゃ、もう一問。第二《だいに》のヒントはなんだった？　それなら覚えてるでしょ」

めぐみ先生が聞いたが、三人は顔を見合わせただけ。

「あっきれたー！　ヒント、読みもしてなかったわけ!?」

瑠香《るか》が言うと、河田《かわだ》は逆《ぎゃく》ギレした。

「ああ、そうだよそうだよ！　だって、あんなの、わかりっこないだろ!!　ふん、江口《えぐち》。おまえだって偉《えら》そうなこと言ってってけど、自分でわかったわけじゃねえじゃん」

これには、瑠香《るか》もウッと口をつぐんだ。

そう言われてみれば、そうだったたからだ。

しかし、そこでめぐみ先生が手をパンと大きく叩《たた》いた。

「はい、そこまでよ。河田《かわだ》くん、潔《いさぎよ》くあきらめなさい。かっこわるいわよ！」

河田《かわだ》をはじめ、他のふたりもむくれた顔で黙《だま》りこんだ。

めぐみ先生はニコっと笑って、彼《かれ》らに言った。

「でもね。わたしは保健《ほけん》の先生から連絡《れんらく》をいただいてます。河田《かわだ》くんたち、水原《みずはら》さんが具合悪くなったからって、ちゃんと朝霧荘《あさぎりそう》まで送ってってあげたそうね。えらい！　なかなかできないことよ。それなのに、こうして一番でゴールするなんて、すごいなぁ!!」

あんまり誉《ほ》められたもんで、バカ田トリオたちは顔を真《ま》っ赤《か》にして、ボリボリ頭をかいて照れまくった。

同時に、チラッチラッと瑠香《るか》を見た。

水原久美《みずはらくみ》を送っていけと言ったのも、スタンプを代わりに押《お》すと言ってくれたのも、瑠香《るか》だったのを今になって思い出したらしい。

もしかして、瑠香《るか》がそのことを全部めぐみ先生に言ってしまったら……！

彼《かれ》らはそのことを気にしていたらしいが、瑠香《るか》は言うつもりはないようだった。

ようやく彼《かれ》らも納得《なっとく》し、一位は……なんとなんと！

逆転《ぎゃくてん》勝利で、元《げん》たちの班《はん》に決まったのだ。

「やったぁぁ!!」

「きゃっほ――！」

「やりぃ！」

「わーいわーい」

みんな大喜び。ハイタッチをして、喜び合った。瑠香《るか》も元《げん》も小林《こばやし》も大木《おおき》も、もちろん、夢羽《むう》も。

「ねえ、めぐみ先生。優勝《ゆうしょう》賞品はなんなんですか??」

瑠香《るか》が聞くと、先生はニコニコ笑いながら首を傾《かし》げた。

「さあ。それは、あしたのお楽しみよ。バーベキュー大会の時に、各賞の発表をしますからね」

うー、楽しみだぁぁ。

ま、豪華《ごうか》賞品といったってたかが知れてる。きっとお菓子《かし》とかそういうんだろうけど、

それにしたってうれしい。

あしたは問題の肝試《きもだめ》しが控《ひか》えてはいるけれど、とにかく最初のイベントで大勝利とはついている。

班長《はんちょう》としても、鼻が高いというものだ。

元《げん》は、ニマニマ笑いながら思った。さっきの塔《とう》での出来事なんて、すっかり忘《わす》れて。

しかし、この塔の一件《いっけん》が、見過《みす》ごせない意味を持っていたことにまだ元《げん》は気づいてはいなかったのである。

つづく

IQ《アイキュー》探偵《たんてい》ムー

キャラクターファイル

IQ《アイキュー》探偵《たんてい》ムー

キャラクターファイル

#09

名前………小《こ》林《ばやし》聖《せい》二《じ》

年…………10歳《さい》

学年………小学5年生

学校………銀杏《いちょう》が丘第一《おかだいいち》小学校

家族構成《かぞくこうせい》…父／静馬《しずま》（オーケストラの指揮者《しきしゃ》）

母／佐織《さおり》（ピアニスト）

外見………背《せ》が高く色白で端正《たんせい》な顔立ち。

性格《せいかく》………秀才《しゅうさい》タイプ。そのわりに、気さくな性格《せいかく》で女子に人気がある。

IQ《アイキュー》探偵《たんてい》ムー

キャラクターファイル

#10

名前………大《おお》木《き》登《のぼる》

年…………10歳《さい》

学年………小学5年生

学校………銀杏《いちょう》が丘第一《おかだいいち》小学校

家族構成《こうせい》…父／健一《けんいち》　母／良子《よしこ》　姉／峰子《みねこ》　兄／竜也《たつや》

外見………小学生とは思えない立派《りっぱ》な体格《たいかく》をしている。

性格《せいかく》………体のわりに、根は優《やさ》しい。食いしん坊《ぼう》で、いつも何かを食べている。好物はシャケのおにぎり。

あとがき

みなさん、こんにちは。

今日《きょう》、初めてお会いした人には、初めまして。『ＩＱ探偵《アイキユーたんてい》ムー』の作者、深沢美潮《ふかざわみしお》です。

今、この後書きを書いているのは、銀杏《いちょう》並木《なみき》も金色に変わり、吹《ふ》き始めた木枯《こが》らしにバラバラと落ち葉を散らしているような季節です。

この季節が好き。

暖《あたた》かく日光は照らしているのに、風は少しひんやりとしてさわやか。そんな季節です。

わたしは小学六年生になる娘といっしょによく散歩をします。娘のお友達《ともだち》や彼女《かのじょ》の家で飼《か》っている犬もいっしょに散歩することもあります。

テクテクテクテク。

気づくと、二時間以上も歩いていることもよくあります。

歩きながら、いろんな話をします。学校のこと、習っているバレエのこと、最近見たテレビの話、友達《ともだち》のこと……。

わたしも話します。最近、おもしろかったゲームのこと、好きな映画《えいが》のこと、旅行で楽しかったこと、すれ違《ちが》った人がすごいファッションだったことなどなど。

話しながら、作品のアイデアが生まれることがよくあります。


今回の『飛ばない!? 移動教室《いどうきょうしつ》』ですが、これは娘《むすめ》が一年生の頃《ころ》からお世話になった先生がモデルとして登場します。

筋肉自慢《きんにくじまん》の水谷《みずたに》先生？　いえいえ、違《ちが》います。あのかっこいい高科《たかしな》めぐみ先生です。

いろんな先生がいらっしゃいますが、この先生は本当にスーパーすごい先生なんです。

あんな先生に、小学一年生から受け持ってもらって、娘はラッキーだなぁとつくづく思います。

どこがどんなにスーパーかというとですね。たとえば、漢字を覚えましょうっていう時、この先生は全身を使って、漢字を表現《ひょうげん》してくれるんです。「こうなって、こうなって、こんな感じ！」と。生徒たちは大笑いで、でも、先生が腰《こし》をキュッとひねってたなぁ……なんてことで印象に残るわけです。

他には、オリジナルで準備《じゅんび》体操《たいそう》を作っちゃったとか。それも今すごく流行《はや》ってる曲で、とかね。

イジメみたいな問題があった時は、体を張《は》って、「先生は絶対許《ぜったいゆる》しません！」と、毅《き》然《ぜん》とした態度《たいど》で生徒たちと対してくれたりもしました。

そのスーパー先生が、以前、移動教室《いどうきょうしつ》に付き添《そ》って行った時、かなり怖《こわ》い経験《けいけん》をしたんですって。

今回の夢羽《むう》は、その時の話を基《もと》にしたんです。

どんな怖い経験だったのか……。それは、下巻《げかん》の後書きで書きますね。

今回は、肝試《きもだめ》し大会……ではなく、前半部分のオリエンテーリングまでです。

わたし自身は移動教室って経験がありません。修学旅行《しゅうがくりょこう》には行きましたけどね……って。いえいえ、行ってませんよ、小学校の時は。

忘《わす》れもしない！

修学旅行の前の晩《ばん》に、腹痛《ふくつう》が始まり……。結局、それって虫垂炎《ちゅうすいえん》だったのね。で、今はほとんど切らないそうですが、昔は即手術《そくしゅじゅつ》というケースが多かったんです。まぁ、わたしの場合は急性《きゅうせい》だったからというのもあったんでしょうが。

とにかくものすごい痛《いた》みでした。ピアノの練習をしていたら、脇腹《わきばら》がキリキリっと痛くなってきて、しまいに汗《あせ》までかいて、床《ゆか》にうずくまってしまいました。

うんうんうなりながら、涙《なみだ》も出てきて……。今から思うと、まだ十一歳《さい》だったわけでしょう。あそこまでの痛みというのは、そうそう経験《けいけん》したこともありません。だから、この痛みから解放《かいほう》されるなら、どうぞ切ってくださいって思ったものです。

わたしって昔からそういうところあるんですよね。まな板の鯉《こい》っていうんですか。

こうなっちゃったんだもん、ジタバタしたってしかたない。思い切ってバサっとやっとくれっ！　てなもんです。いちおう江戸《えど》っ子ですからねぇ、生まれだけは。

ですから、もちろん修学旅行《しゅうがくりょこう》も行けないことになっちゃいました。

入院ライフも辛《つら》いことばかりじゃなかったんですが、それでも修学旅行に行けなかったのは残念でした。

わたしの娘《むすめ》は、移動教室《いどうきょうしつ》にも林間学校にも行きました。その時のことなどをいろいろ話して教えてくれます。それを参考に書いた部分もあります。

たとえば、何々係があるってところとかそうです。大木《おおき》がやったバスでのリクリエーション係とか、そんなのがあるって知りませんでしたしね。

あれって、なかなか大変なんだそうです。ゆれるバスの前に立って、進行方向とは別のほうを向いて、手元の紙を見ながら話したりして。気持ち悪くなってても当然ですよね。

でもね。そんなことも、全部いい思い出になります。

もちろん、その時は「やっちゃった！」って、最悪に落ちこんだりもしますが、人間って都合がいいことに、そういうことはすぐ忘《わす》れるようにできてるんです。

人の失敗なんていうのもそうです。自分が思うより、他の人は気にしてませんから。たまーに、いつまでもおもしろおかしく、はやしたてる人っていますけどね。そんなのは無視《むし》、無視。かるーく聞き流してれば、そのうち言わなくなります。

どうしてもしつこく言ってくる場合は、一度きっぱり「もうその話は思い出したくないから、やめて」と言ってみるのも手です。

わたしもよく失敗するので、そういう経験《けいけん》は山ほどあります。

さて、夢羽《むう》たちの移動教室《いどうきょうしつ》は、いったいどんなことが起こるんでしょう？

相変わらずバカ田トリオたちは、いい味出してますしね。それから、今回は元《げん》くん、瑠香《るか》ちゃんに加え、小林《こばやし》くんや大木《おおき》くんも活躍《かつやく》しています。

他にも先生たちや生徒たち、たーくさん。

そうそう。それから大ニュース！　この『飛ばない!? 移動教室《いどうきょうしつ》』は、「朝日小学生新聞」という新聞に、連載《れんさい》されていたんですよ。

すごいでしょ!?

佐々木《ささき》副編集長《ふくへんしゅうちょう》さんが、夢羽《むう》の大ファンなんですって。

ちょっと変な言い方かもしれませんが、大人《おとな》になっても、佐々木《ささき》さんのように、こういう本を楽しんで読めるというのは素敵《すてき》なことだなぁと思うんです。わたしもそういう大人になりたかったたし。きっと、今、この本を手に取って読んでくださってる皆《みな》さんもそうだと思います。

イラストのJ太《じぇいた》さんも、たーくさんのカットをありがとうございました。夢羽《むう》たちの

表 情《ひょうじょう》が生き生きしていて、どんどんイメージがふくらんできました。

編集《へんしゅう》の根本《ねもと》さん、鈴木《すずき》さん、ジャイブの石川《いしかわ》さん、藤田《ふじた》さん、いつも力一杯応援《いっぱいおうえん》してくださってありがとうございます。期待に応《こた》えられるよう、次もとっとと書きますね！

そして、最後に……。

この本を読んでくださってるあなたに。心から感謝《かんしゃ》を捧《ささ》げつつ……。下巻《げかん》はすぐお届《とど》けしますからね、お楽しみに。

感想、待ってまーす。

深沢美潮《ふかざわみしお》

IQ探偵シリーズ④
IQ探偵ムー 飛ばない!? 移動教室〈上〉

2008年3月　初版発行
2017年11月　第8刷

著者　深沢美潮《ふかざわみしお》

発行人　長谷川 均

発行所　株式会社ポプラ社
〒160-8565 東京都新宿区大京町22-1
[編集] TEL:03-3357-2216
[営業] TEL:03-3357-2212
URL www.poplar.co.jp
[振替] 00140-3-149271

イラスト　山田J太
装丁　荻窪裕司（bee's knees）
DTP　株式会社東海創芸
編集協力　鈴木裕子（アイナレイ）

印刷・製本　大日本印刷株式会社

ISBN978-4-591-09690-1 N.D.C.913 168p 18cm
Printed in Japan

落丁本・乱丁本は送料小社負担でお取り替えいたします。
小社製作部宛にご連絡下さい。電話0120-666-553
受付時間は月～金曜日、9:00～17:00（祝日・休日は除く）

読者の皆さまからのお便りをお待ちしております。
いただいたお便りは、編集部から著者へお渡しいたします。

本書は、2006年1月にジャイブより刊行されたカラフル文庫を改稿したものです。

ポプラ ポケット文庫

児童文学・上級～

風の丘のルルー 村山早紀／作 ふりやかよこ／絵
①魔女の友だちになりませんか？ ②魔女のルルーとオーロラの城
③魔女のルルーと時の魔法 ④魔女のルルーと風の少女

らくだい魔女シリーズ 成田サトコ／作 千野えなが／絵
①らくだい魔女はプリンセス ②らくだい魔女と闇の魔女 ③らくだい魔女と王子の誓い
④らくだい魔女のドキドキおかしパーティ ⑤らくだい魔女とゆうれい島 ⑥らくだい魔女と水の国の王女
⑦らくだい魔女と迷宮の宝石 ⑧らくだい魔女とさいごの砦 ⑨らくだい魔女と放課後の森

きつねの窓 安房直子／作 吉田尚令／絵

青いいのちの詩 —世界でいちばん遠い島— 折原みと／作・写真

翼のない天使たち 折原みと／作

ときめき時代 折原みと／作・絵
①つまさきだちの季節 ②まぶしさをだきしめて
③あいつまであと2秒 ④旅立つ日

風の天使《エンジェル》 —心の扉が開くとき— 倉橋燿子／作 佐竹美保／絵

天使の翼 —心がはばたくとき— 倉橋燿子／作 佐竹美保／絵

十二歳シリーズ 薫くみこ／作 中島 潔／絵
①十二歳の合い言葉 ②あした天気に十二歳 ③十二歳はいちどだけ
④きらめきの十二歳 ⑤さよなら十二歳のとき

ふーことユーレイ 名木田恵子／作 かやまゆみ／絵
①ユーレイと結婚したってナイショだよ ②星空でユーレイとデート ③恋がたきはおしゃれなユーレイ
④ロマンチック城ユーレイツアー ⑤61時間だけのユーレイなんて？ ⑥ユーレイ列車はとまらない
⑦ほん気で好きなら、ユーレイ・テスト ⑧ユーレイに氷のくちづけを ⑨お願い！ ユーレイ♥ハートをかえないで
⑩ユーレイ通りのスクールバス ⑪知りあう前からずっと好き ⑫ユーレイのはずせない婚約指輪
⑬ユーレイ♥ミラクルへの招待状 ⑭ユーレイ♥ラブソングは永遠に

教室 —6年1組がこわれた日— 斉藤栄美／作 武田美穂／絵

Dragon Battlers 闘竜伝 渡辺仙州／作 岸和田ロビン／戸部 淑／絵
①夢への1歩 ②ライバル登場!? ③レギュラー決定戦スタート!!
④ゲキ闘！地区予選 ⑤終わりは始まり

ヒカリとヒカル 夏 緑／作 山本ルンルン／絵
①ふたごの初恋相談室 ②ふたごのオシャレ教室 ③ふたごの相性テスト

天才探偵Sen 大崎 梢／作 久都りか／絵
①公園七不思議 ②オルゴール屋敷の罠 ③呪いだらけの礼拝堂
④神かくしドール

七つ森探偵団ミステリーツアー 松原秀行／作 三笠百合／絵
①名探偵博物館のひみつ ②タイタニック・パズル

Poplar
Pocket
Library

小学校 初・中級〜　小学校 中級〜　小学校 上級〜　中学生向け

ふしぎ探偵レミ　村山早紀／作　森友典子／絵
①月光の少女ゆうかい事件　②なぞの少年と宝石泥棒　③なぞの少年とコスモスの恋

くらげや雑貨店　長谷川光太／作　椿 しょう／絵
①「くだらスゴイ」ものあります。　②笑小町の怪しいほほえみ　③一休さんの㊙アルバイト

魔法屋ポプル　堀口勇太／作　玖珂つかさ／絵
①「トラブル、売ります♡」　②プリンセスには危険なキャンディ♡　③砂漠にねむる黄金宮
④友情は魔法に勝つ!!

鬼ヶ辻にあやかしあり　廣嶋玲子／作　二星 天／絵
①鬼ヶ辻にあやかしあり　②雨の日の迷子　③座敷の中の子

黒薔薇姫シリーズ　藤咲あゆな／作　椿 しょう／絵
①黒薔薇姫と７人の従者たち　②黒薔薇姫と正義の使者　③黒薔薇姫と幽霊少女

おまかせ☆天使組！　山田うさこ／作　宮川由地／絵
①禁じられたクリスマス　②見習い天使 VS らくだい天使

科学探偵部ビーカーズ！　夏 緑／作　イケダケイスケ／絵
①出動！ 忍者の抜け穴と爆弾事件　②激突！ 超天才小学生あらわる　③怪盗参上！ その名画いただきます

ダイエットパンチ！　令丈ヒロ子／作　岸田メル／絵
①あこがれの美作女学院デビュー！　②あまくてビターな寮ライフ　③涙のリバウンド！そして卒寮！

霊界交渉人ショウタ　斉藤 洋／作　市井あさ／絵
①音楽室の幽霊　②月光電気館の幽霊

http://《ホームページ》妖怪探偵局　松島美穂子／作　日本橋恵太朗／絵
①〜お悩み募集中〜　②家出っ子捜索中

スターチャレンジャー　香西美保／作　碧 風羽／絵
銀河の冒険者

● **まじょ子 2 in 1**　藤真知子／作　ゆーちみえこ／絵

①まじょ子どんな子ふしぎな子
②いたずらまじょ子のボーイフレンド
③いたずらまじょ子のおかしの国大ぼうけん
④いたずらまじょ子のめざせ！スター
⑤いたずらまじょ子のヒーローはだあれ？
⑥いたずらまじょ子のプリンセスになりたいな

● **ゾロリ 2 in 1**　原ゆたか／作・絵

①かいけつゾロリのドラゴンたいじ／きょうふのやかた
②かいけつゾロリのまほうつかいのでし／大かいぞく
③かいけつゾロリのゆうれいせん／チョコレートじょう
④かいけつゾロリの大きょうりゅう／きょうふのゆうえんち
⑤かいけつゾロリのママだーいすき／大かいじゅう

●● **衣世梨の魔法帳**　那須正幹／作　藤田香／絵

●● **おほほプリンセス**　川北亮司／作　魚住あお／絵
わたくしはお嬢さま！

ポプラ カラフル文庫

ポプラ社